Jürg Amann
Robert Walser

Jürg Amann

ROBERT WALSER

Eine literarische Biographie in Texten und Bildern

Arche

Der Verlag dankt der Stiftung Pro Helvetia, Zürich, daß sie dieses Buch freundlicherweise gefördert hat.

Umschlagfoto Vorderseite: *Robert Walser als Commis.* Foto aus den späten neunziger Jahren. Rückseite: *Robert Walser, 15. April 1953.* Foto von Carl Seelig.

Gestaltung: Q & V Team
Satz: KCS GmbH Buchholz/Hamburg
Druck und Bindung:
Offizin Paul Hartung, Hamburg
Printed in Germany
ISBN 3-7160-2196-4

Inhalt

Denn derjenige Schriftsteller hat am ehesten Aussicht, Erfolg zu ernten, der sich vor der Mit- sowohl wie Nachwelt möglichst klein macht.

Robert Walser, 1928/1929

Auf der Suche nach einem verlorenen Sohn

I

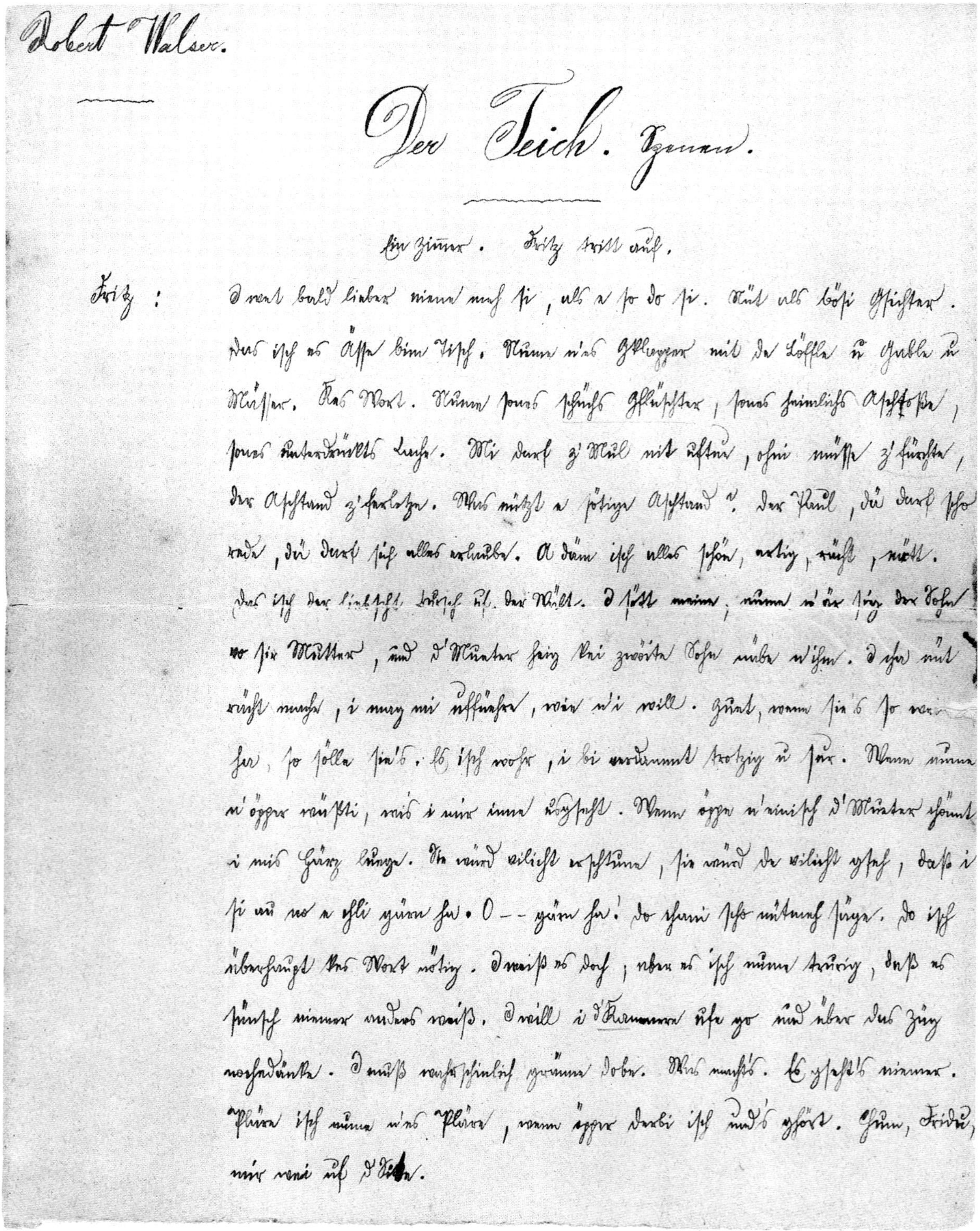
Robert Walser.
Der Teich. Szenen.
Ein Zimmer. Fritz tritt auf.
Fritz:

Mit fünfzehn beginnt er zu schreiben, weil er das Leben so nicht mehr aushält. Oder mit vierzehn, oder mit siebzehn, oder auch etwas später, das läßt sich im nachhinein so genau nicht mehr sagen, es tut nichts zur Sache. Die Sache ist die: Er fühlt sich von seiner Mutter nicht genügend geliebt. Und was wir uns manchmal erträumt haben, daß wir tot sind und gleichzeitig lebendig, um aus dem Verborgenen unseres Totseins hervor, wie aus einer Wolke oder aus einem Gebüsch, zu erspähen, ob wir von den Lebendigen denn wenigstens vermißt werden, wenn wir von ihnen schon nicht geliebt worden sind, setzt er schon als Knabe oder als Jüngling oder als Jungmann in Szene. Genauer: in Szenen. Und er nennt diese Szenen: *Der Teich*.

Er, der sich Fritz nennt, und Marti, weil es ihm mehr auf die Mutter, deren Name es ist, als auf den Vater ankommt, tritt auf mit dem in gestochen scharfer Kalligraphie geschriebenen Satz: *I wet bald lieber niene meh si, als e so do si.* Das sagt er, in seiner Bieler Mundart, in der Sprache, die er auch spricht: daß er bald lieber nirgends mehr sein möchte, als so dazusein. So heißt für ihn: unverstanden von Grund auf, unerkannt in der Eigenart seines Wesens, unerwidert in seiner einzigen, großen Liebe zur Mutter.

Er wünscht sie sich zärtlich. Aber sie ist nur zart, fein, vornehm, gestreng. Und sie kränkelt, neigt selber zu Schwermut und Traurigkeit, wird wohl selbst nicht verstanden. Vielleicht hat sie auch wenig Liebe. Der Vater ist zwar ein guter Mensch, aber einer, der alles, also auch das, dem lieben Gott überläßt. Sie ist überfordert. Sie hat zu früh und zu lange am Stück nicht mehr an sich denken dürfen. Acht Kinder hat sie zur Welt gebracht. An alles kann sie nicht denken. Sie ist ständig in Sorge um seine Geschwister, von denen er also viele hat, er würde sagen zu viele, von denen immer eins krank ist. Nur er ist nie krank. Wenn er es sein will, muß er sich krank denken, um wenigstens in der Vorstellung in die heilende Obhut der Mutter zu kommen. Von ihr auch einmal ein wenig verzärtelt zu werden. Die Sorge der Mutter kann seine nicht sein.

Der Teich, Szenen. Erste Manuskriptseite der in Bieler Mundart geschriebenen Szenenfolge

Er beschließt, zur Seite zu treten. *Chum, Fridu, mir wei uf d' Site.* Aber nicht einfach so, nicht einfach, um freiwillig das Feld zu räumen, sondern um sich auf diese Weise, auf diesem Umweg der Not, von der Seite, vom Rand her seiner Mitte zu vergewissern: der Liebe der Mutter. Er täuscht einen Selbstmord vor. Er hat keine andere Wahl, wenn er leben will. Er geht in den Teich. Das heißt, er geht eben nicht in den Teich; aber er macht die anderen glauben, er sei in den Teich gegangen.

Der Teich ist in einer wunderbaren Waldlichtung gelegen. Er kennt sie gut. Oft hat er hier, unter den Tannen, die ihn umschließen, mit seinen Geschwistern Verstecken gespielt. Aber jetzt will er gefunden werden. Das ist der Unterschied. Das ist jetzt der höhere Zweck seines Verschwindens. Er will sich jetzt auch einmal vordrängen. Darum hat er dem Bruder, bevor er sich auf den Weg gemacht hat, noch schnell einen Hinweis gegeben. Das Leben sei nur eine zerrissene Jacke, er gehe sie flicken. Was immer das heißt.

Und tatsächlich zieht er die Jacke jetzt aus. Wie es hier still ist. Wie sich die Tannen im Wasser spiegeln. Wie es von den Ästen herabtröpfelt. So leise. So fein. Ist es ein Regen, von dem man im Wald nur nichts weiß? Ist es das Harz? Sind es die Nadeln? Man sieht nichts, man hört es nur. Auf dem Wasser schwimmt allerhand Kleines. Man könnte hier schwermütig werden, wenn man es nicht ohnehin schon längst wäre. Aber er ist nicht zum Weinen gekommen.

Er muß vorwärtsmachen. Er legt seine Jacke am Ufer ins Gras. So! Und der Hut soll auf der weichen Oberfläche des Teichs schwimmen. Sorgfältig, so daß seine Krempe und die Haut des Wassers eine einzige Fläche bilden, setzt er ihn auf den Spiegel, hält ihn noch mit drei Fingern, läßt los, der Hut schwimmt, treibt langsam, indem er winzige Wellen in Kreisen um sich verbreitet, zur Mitte des Teichs, bleibt in den Seerosen hängen. Der Hut spielt seine Rolle gut. Wer ihn sieht, muß unweigerlich an seinen ertrunkenen Träger denken.

Fritz ist zufrieden mit ihm. Er klettert auf einen Baum und harrt da der Dinge, die kommen sollen. Und alles kommt, wie er es sich wünscht. Es ist wie im Märchen. Der Bruder kommt, von einer Ahnung gejagt, an den Teich, sieht Jacke und Hut, in beschriebener Weise, die seine Ahnung aufs schlimmste bestätigt, schreit, rennt, ohne noch nach dem ertrunken Geglaubten lange zu suchen, nach Hause und versetzt mit seinem Alarm Eltern und Schwester in Angst und Entsetzen.

Verzweiflung und Selbstvorwürfe machen sich in der Familie breit. Nachgedacht wird über unterlassene Bruder- und Kindesliebe. Vorsätze werden gefaßt für den Fall, daß der so jäh Vermißte am Leben ist. Tränen, Tränen werden um ihn vergossen. Alles Schlechte soll gutgemacht werden. Wenn er nur wiederkäme.

Fritz kann sich das vorstellen. Er genießt den Verlust, der er den andern nun ist. Endlich müssen sie um ihn bangen. Endlich muß sich in ihrer Hoffnung, ihn wiederzuhaben, die Liebe, die sich nie zeigte, zeigen. Endlich hätte und hat man ihn darum gern.

Vollkommen ruhig steigt er von seinem Baum. Als ob er ihm nur eben hineingefallen wäre, fischt er mit einer Rute den Hut an Land. Die Jacke, die noch als seine Spur im Gras liegt, hebt er jetzt auf und schüttelt sie aus. Dann zieht er sie wieder an. Dann setzt er auch seinen Hut, der nur am Rand etwas feucht ist und der seinen Dienst getan hat, zurück auf den Kopf. Und macht sich dann ganz gemächlich, die Hände auf dem Rücken verschränkt, auf Umwegen durch verschiedene ganz abseits liegende Wäldchen, in denen er da und dort stehenbleibt, um zu lauschen, im Hochgefühl seines Verlorengegangenseins und Zurückgewünschtwerdens, auf seinen Heimweg. Das Rieseln hat aufgehört. Von Regen, von Nadeln, von was? In seinem Kopf ist ein mächtiges Rauschen. Nicht vor dem Einbruch der Dämmerung will er zu Hause sein.

Ihm kann jetzt nichts mehr passieren. Er ist der verlorene und im Verlust wiedergefundene oder endlich gefundene Sohn. Auch wenn ihm der Vater, als er endlich nach Hause kommt und in die Stube tritt, und also am Leben ist, die Arme nicht öffnet und das Kalb nicht für ihn schlachtet und auch nicht ausruft: Das ist mein Sohn, er ist verlorengegangen, um gefunden zu werden; und also mit ihm nichts zu feiern hat. Er hat jetzt die Mutter auf seiner Seite. Die Mutter ist jetzt sein Freund. Die Mutter schließt jetzt mit ihm das verspätete Bündnis. Was will er denn mehr? Und dazu holt sie extra für ihn einen Wein aus dem Keller.

Aber das ist nicht wirklich. Das ist der Wunschtraum der Dichtung. In der Wirklichkeit ist die Mutter, als diese Dichtung geschrieben wird, krank oder tot. Der Dichter heißt Walser, nicht Marti, Robert, nicht Fritz. Und das verändert sein Leben beträchtlich.

1878 Geburt Robert Walsers am 15. April, drei Uhr nachmittags, in Biel als siebtes von insgesamt acht Kindern des Buchbinders, Papier- und Spielwarenhändlers Adolf Walser (1833–1914) und der Elisa Walser, geb. Marti (1839–1894).

Familientafel (von links, im Uhrzeigersinn): Die Mutter Elisa Walser, geb. Marti, die Brüder Oscar, Adolf und Hermann, der Vater Adolf Walser, der Bruder Ernst, Robert Walser, der Bruder Karl und in der Mitte die Schwester Lisa. Die jüngere Schwester Fanny fehlt. Sie wurde erst 1882 geboren.

Weil er
das Leben
so nicht
mehr aushält

Ein Mensch hatte zwei Söhne. Und der jüngere von ihnen sprach zu dem Vater: Gib mir, Vater, das Erbteil, das mir zusteht. Und er teilte Hab und Gut unter sie. Und nicht lange danach sammelte der jüngere Sohn alles zusammen und zog in ein fernes Land; und dort brachte er sein Erbteil durch mit Prassen. Als er nun all das Seine verbraucht hatte, kam eine große Hungersnot über jenes Land, und er fing an zu darben und ging hin und hängte sich an einen Bürger jenes Landes; der schickte ihn auf seinen Acker, die Säue zu hüten. Und er begehrte, seinen Bauch zu füllen mit den Schoten, die die Säue fraßen; und niemand gab sie ihm. Da ging er in sich und sprach: Wie viele Tagelöhner hat mein Vater, die Brot in Fülle haben, und ich verderbe hier im Hunger! Ich will mich aufmachen und zu meinem Vater gehen und zu ihm sagen: Vater, ich habe gesündigt gegen den Himmel und vor dir. Ich bin hinfort nicht mehr wert, daß ich dein Sohn heiße; mache mich zu einem deiner Tagelöhner! Und er machte sich auf und kam zu seinem Vater. Als er aber noch weit entfernt war, sah ihn sein Vater, und es jammerte ihn; er lief und fiel ihm um den Hals und küßte ihn. Der Sohn aber sprach zu ihm: Vater, ich habe gesündigt gegen den Himmel und vor dir; ich bin hinfort nicht mehr wert, daß ich dein Sohn heiße. Aber der Vater sprach zu seinen Knechten: Bringt schnell das beste Gewand her und zieht es ihm an und gebt ihm einen Ring an seine Hand und Schuhe an seine Füße und bringt das gemästete Kalb und schlachtet's; laßt uns essen und fröhlich sein! Denn dieser mein Sohn war tot und ist wieder lebendig gewor-

Oben: Die Mutter Elisa Walser-Marti (1839–1894)
Rechte Seite: Der Vater Adolf Walser (1833–1914)

den; er war verloren und ist gefunden worden. Und sie fingen an, fröhlich zu sein. (Lukas 15, 11–24)

Ich soll mich finden, sagt mir das Gestirn. Mich finden? Müßt' ich da mich nicht vorher verlieren? Kann ich mich denn finden, wenn's an mir nichts aufzufinden gibt? Wer nie verloren gehn will, kann sich auch nie finden. Also will ich mich verlieren. (Tobold I, 1913)

Ein Kind, das eine Hoffnung vergegenwärtigte, nahm sich eines Tages heraus, sich zu verstecken. (...) Es sagte sich, wenn es sich verstecke, mache es sich vorübergehenderweise wertvoll, umkleide es sich für die Zeit von seinem Sichentfernen an bis zum Ausfindiggemachthaben seines Sichunsichtbarmachens mit einer Art von Nimbus. Dies war so seine Meinung, worin es sich in der Tat keineswegs täuschte. Kranke oder verirrte Kinder werden höher geschätzt als solche, die man in Sicherheit weiß, um die man sich nicht zu kümmern oder ängstigen nötig hat. Mein scheinbar ausgezeichnetes Kind hier spielte quasi mit der Mutter, indem es einmal so recht nach Noten ernst genommen zu werden wünschte. (Mutter und Kind, 1929)

Da ging die Sonne unter, und alles war dunkel. Das Bettelkind saß im Schnee und fror doch nicht. Es hatte zu Hause Schläge bekommen, warum, das wußte es selber nicht. Es war eben ein klein Kind und wußte noch nichts. Seine Füßchen froren ihm auch nicht, und doch waren sie nackt. In des Kindes Auge glänzte eine Träne, aber es war noch nicht gescheit genug, um zu wis-

sen, daß es weinte. Vielleicht erfror das Kind in der Nacht, aber es spürte nichts, spürte gar nichts, es war zu klein, um etwas zu spüren. Gott sah das Kind, aber es rührte ihn nicht, er war zu groß, um etwas zu spüren. (Geschwister Tanner, 1907)

Ich hingegen, hingerissen von der unendlichen Trauer, darüber, daß ich zu nichts Hohem in der Welt taugen sollte, lief in den Wald, der mir hold und süß erschien, und rief, da ich mich nach einem raschen Ende sehnte, laut weinend und bittend den Tod herbei, und der gute, mitleidige Tod kam als verschleierte Gestalt aus den Tannen auf mich zu, um mich in seinen Armen zu erdrücken. Die arme unglückliche Brust zerbrach, und das Wesen erlosch, aber aus dem Getöteten stand ein neuer Mensch herauf, und dieser neue Mensch wurde mit der Zeit Tobold genannt, welcher hier vor dir ist und dir dies alles erzählt. Als Tobold kam ich mir wie neugeboren vor, und in der Tat war ich es ja auch. Ich schaute die Welt mit neuen Augen an; frische Zuversicht verlieh mir ungeahnte Kräfte und Säfte. Hoffnungen und Aussichten, die ich nie für möglich gehalten hatte, sprangen an mich heran, um mich zu küssen, und das Leben lag mit einmal fabelhaft glänzend und wunderbar heiter vor der teils wiedergefundenen, teils neuerschaffenen Seele. Durch den Tod hindurch ging ich hinein ins Leben. Sterben mußte ich zuerst, bevor ich fähig war, zu leben. (Tobold II, 1917)

Ich war wie tot; jetzt aber ist mir, als wenn ich gehoben, gefördert, oder nur eben erst aus dem Grabe aufgestanden

und wieder lebendig geworden sei. Wo ich viel Unschönes, Beunruhigendes, Hartes erfahren zu müssen geglaubt habe, treffe ich Liebreiz und Güte an und finde alles erdenkliche Ruhige, Tröstende, Erbauliche und Gute. (Der Spaziergang, 1917)

Da der verlorene Sohn, nachdem er längst verloren geglaubt worden war, Abbild vollkommener Herabgekommenheit, zerlumpt und abgezehrt, eines Abends plötzlich frisch wieder auftauchte, stand gewissermaßen Totes wieder lebendig auf, weshalb ihm alle Liebe naturgemäß wie wild entgegenstürzte. (Die Geschichte vom verlorenen Sohn, 1917)

Das Grün, das allmächtige Sommerwaldgrün vergißt weder der eine noch der andere; allen Lebenden, Strebenden, Wachsenden ist es durch das ganze Leben unvergeßlich. Und wie schön ist das, daß etwas so Liebes, Freundliches so unvergeßlich bleibt! Vater und Mutter und Geschwister und Schläge und Liebkosungen und Flegeleien, alles mit dem einen innigen Grün umwunden! (Der Wald, 1903)

Linke Seite: Robert Walser
Oben: Karl Walser, *Aussicht auf die Alpen*, 1899
Unten: *Rettung des Rappelkopf aus der Wasserflut*, Bühnenbild von Karl Walser zu *Der Alpenkönig*, 2. Akt, 1909

Auf der Suche nach einem verlorenen Sohn II

Die Mutter, Elisa Walser-Marti

Er hat gelernt, was ihm fehlt, zu erfinden. Oft denkt er sich also krank. Denn er ist ja gesund. Ihm fehlt, daß ihm nichts fehlt. Da also muß Abhilfe geschaffen werden. Er schließt die Augen und zieht das Leintuch über den Kopf. Was ist da, im selbstgewählten Dunkel, zu sehen?

Er sieht weiße schwere und leichte Kissen, auf denen sein schwerer und leichter, heißer und kühler Kopf manchmal aufliegt wie auf ganz neuem, ganz trockenem Schnee, in denen sein Kopf wie in Wellen von weichem, streichelndem Wasser versinkt. Er sieht hohe Decken, die sich wie sanfte, von einer hellen, aber nicht blendenden Sonne beschienene Hügel und Hügelzüge über ihn wölben, auf denen weit weg von ihm oder ganz in der Nähe Finger und Hände wie über Kuppen auftauchen und sich in sanfte Täler hinein wieder entfernen. Was für Hände? Er erkennt sie in der Vergrößerung und der Verkleinerung nicht. Ihre Besitzer wohnen hinter den Hügeln. Auf jeden Fall sind es gute, gütige Hände. Sie rühren sich ja für ihn. Sie sind zu ihm unterwegs. Sie bringen ihm Gutes, und das Schlechte tragen sie von ihm fort. Er sieht die eigenen Hände, als ob sie sich Wege durch eine nie begangene Winterlandschaft bahnen wollten, über Hügel und Zerklüftetes wandern. Sind es die eigenen Hände? Sie können auf einmal, als ob es nichts wäre, weit von ihm fortgehen, so weit in die weite Welt.

Er dreht sich um, auf die Seite, hört im in die Kissen gepreßten Ohr sein Blut fiebrige Tänze aufführen. Dann wieder ruhig dahin- und durch weite, waldreiche Länder den Weltmeeren zufließen. Dann wieder, im Rhythmus des Herzschlags, über Schnellen und Fälle hinunterspringen und schäumende Strudel bilden, in deren Sog er gezogen und hinuntergerissen wird, auf den Grund, wo es still ist und dunkel und sich seltsame, seltene Pflanzen, Farne und Halme, in seinem ruhigen Strom hin und her wiegen und biegen. Und im anderen Ohr hat er andere Geräusche, hat er das ferne Vorüberrauschen der Welt, zu der er aber gehört. Alles mischt sich, schlägt über ihm zusammen, geht ineinander über.

Ist er das oder ein anderer oder das Weltall, was klingt? Er hört Musik, Melodien, die sich ihm bilden, von weit her und doch in ihm drin. Wie laue Lüfte von irgendwoher, aus südlicher Gegend, kommen sie angeflogen und drängen sich doch in seinem Kopf zu gewaltigen Stürmen zusammen, die in schweren, himmelhohen Entladungen enden. Oder sie umstehen wie Nebelschwaden die schweißkalte Stirn, bevor sie sich verziehen und auflösen und anders wieder bilden aus dem von einer heißen, besonnten Erde aufsteigenden Dunst und Dampf. Orgeltürme bauen sich auf. Windharfenleise geht alles zu Ende.

Oder er hört ein Lied, das die Mutter mit ihm gesungen hat, dessen Worte ihm aber jetzt, sooft er es wiederholt, nicht mehr einfallen. Vielleicht hat er sie damals, vor Zeiten, noch gar nicht gekannt. Oder es ist ein Gebet, das gemurmelt wird, das anschwillt, das er wie automatisch mitzumurmeln versucht. Oder ein Schnellzug, der zuerst und dann wieder gar nicht zu hören ist, weil er noch und dann schon zu weit entfernt ist, braust mit einem langgezogenen vorüberwischenden Pfeifton durch ihn hindurch. Dann ist es ein leiser Donner, der ihm von hinter dem Horizont ein Sommergewitter anzeigt, unter dem er, als es herangezogen ist, mit der ganzen Familie, allen Geschwistern und Vater und Mutter, dicht um den Tisch gedrängt in der Stube sitzt. Oder es ist eine Stimme, die ruhig, aber bestimmt, als ob sie ihm einen wichtigen Auftrag erteilen würde, in einer Sprache, die er nie gelernt hat, aber versteht, zu ihm spricht. Oder er hört, schneegedämpft, Glockengeläut aus einem andern Tal.

Ist er jetzt eingeschlafen und wieder erwacht? Inzwischen ist es Abend geworden. Er hört nichts mehr, nur das weite Rauschen einer großen heranfliegenden Nacht. Er liegt auf dem Rücken, bis unter die Nase zugedeckt, in den ausgebreiteten Armen der Dämmerung.

Und plötzlich ist jetzt das Zimmer ein Königreich, wenn das Licht angeht und durch die dem Bett gegenüberliegende Tür der Vater, der seine Arbeit des Befehlens beendet hat und den man schon hat die Treppe emporsteigen hören, sie behutsam aufdrückend, in den gelben, warmen Schein der Lampe tritt, um nach dem Befinden seines kranken Knaben zu sehen. Ein paar vorsichtige Schritte tritt er herein. Aber in der Mitte seines erleuchteten Reiches läßt ihn der Schlafende zögern und stehen. Der aber nicht schläft, sondern sich schlafend stellt, um das Bild anzuhalten, und nur von Zeit zu Zeit, für den draußen unmerklich, den feinen Vorhang der Wimpern ein wenig bewegt und durch ihn hindurchschaut und sieht, wie ihm von dort aus der Segen des Vaters erteilt wird. Urbi et orbi. Aber wortlos und ohne Gebärde. Man ist kein katholisches Land.

Fast ist er eingeschlafen vor lauter Geborgenheit. Aber an ein paar tiefen Atemzügen kann er sich halten und steigt noch einmal auf und hebt die Lider und sieht noch, wie sich der Vater, nicht ohne innezuhalten und sich nochmals umzudrehen, auf Zehenspitzen durch die Türe entfernt, die er einen Spaltbreit offenläßt. Durch ihn dringt ein anderes Licht aus dem Treppenhaus herein und vermischt sich unter dem Türrahmen mit dem Licht seines Zimmers, das der Vater brennen gelassen hat.

Das macht ihn ruhig. Das alles kündigt das Erscheinen der Mutter an. Er wird sie nicht hören. So still und schmal wird sie durch die halboffene Tür treten, daß diese gar nicht bewegt werden muß. Und sie ist so leicht und leise, daß sie schon neben ihm stehen wird, während er ihr im Traum noch das lange, einfache Kleid auf dem Fußboden nachrauschen hört. Er ist verzaubert. Sie hat ihm die schöne, feine Hand auf die Stirn gelegt, die doch eben geglüht hat und jetzt ganz kühl ist. Er blinzelt. Er schlägt die Augen auf. Das Licht um die dunkle Frau, die jetzt über ihm steht, ist ihm nun fast zu hell. Sie beugt sich zu ihm herunter, schiebt ihr Gesicht wie einen milden Mond vor die Lampensonne, so daß das Licht ein wenig gedämpft wird. Er faßt sie in einen Blick, der ihm dann aber verschwimmt. Er weint. Mutter, hört er sich sagen, ich liebe dich. Lange, lange wartet er nun auf die Antwort. Lange schaut er ihr nur in die Augen, von denen er nie weiß, ob sie flehen oder befehlen. Jetzt haben sie sich bewegt. Jetzt hat sich das Gewölk ihrer Sorge oder Strenge, denn das weiß er auch nicht, von ihrer Stirn verzogen. Sie lächelt. Sie zwinkert ihm zu. Und bewegt jetzt die Lippen, die so unendlich schmal, aber auch so unendlich fein sind. Du bist gesund, sagen die Lippen. Natürlich ist er gesund, das weiß er. Aber er bettelt um einen weiteren Tag. Nur einen einzigen weiteren Tag will er krank sein. Und die Mutter? Die Mutter wiegt ihren Kopf.

1884–92 Besuch der Volksschule und des Progymnasiums in Biel.
1892–95 Lehre bei der Bieler Filiale der Bernischen Kantonalbank.
1894 Tod der schon seit einiger Zeit gemütskranken Mutter am 22. Oktober.

Biel, von Nordwesten aus gesehen, 1896/97

Er hat gelernt, was ihm fehlt, zu erfinden

Dem heranwachsenden Kinde schleichen Vater und Mutter leise durch das Leben nach. (Poetenleben, 1916)

Ins Leben ging ich wie ein Kind zur Schule: scheu, doch nicht ungern. (Aus meiner Jugend, 1919)

Wenn ich so denke, wie wir Kinder, immer eines dem andern nach, so durch mußten, durch den Irrtum und durch die jähe, schnelle Empfindung hindurch, und daß das alle Kinder der Erde müssen, mit so viel jugendlicher Gefahr, so möchte ich die Kindheit nicht so voreilig als etwas Süßes preisen, und doch preisen; denn sie ist doch eine kostbare Erinnerung. (Geschwister Tanner, 1907)

Ich fing viel zu lesen an, weil mich das Leben verneinte, die Lektüre jedoch die Güte besaß, zu meinen Neigungen, meinem Charakter ja zu sagen. (Einer, der immer irgend etwas las, 1928/29)

Wir haben uns, wenn wir abends zusammensaßen, das Leben erzählt und haben die Flügel der Kindheit wieder rauschen hören, wie das Kleid unserer Mutter auf dem Zimmerboden rauschte, wenn sie den Kindern entgegenkam. (Geschwister Tanner, 1907)

Die Mutter kam und setzte sich zu uns. Ich fühlte das Bedürfnis, ihr etwas Liebes zu sagen, brachte es aber nicht über die Lippen. Sie merkte, wo ich hinaus wollte und nahm mich nahe zu sich und küßte mich. Ich war unsäglich glücklich und froh, daß sie mich verstanden hatte. Ich schmiegte mich eng an sie und schaute in ihre Augen, die voll Wasser waren. Ich sprach, aber es hatte keinen Ton. Ich war so glücklich, daß ich auf diese schönere Weise mit meiner Mutter sprechen konnte. (Fritz Kochers Aufsätze, 1902)

Ich verglich mich oft mit jungen Mädchen, die unnennbar sehnsüchtig sind. Zuweilen lag ich auf dem Bett ausgestreckt wie einer, der sich todkrank fühlt. In der Tat lüstete es mich oft, mich zu vernichten. Ich hatte Hunderte von sonderbaren Trieben. (Ein junger Mensch, 1919)

Krank war ich nie; nur immer in hohem Grade von Verlangen nach außergewöhnlichen Dingen seltsam angegriffen. (Aus meiner Jugend, 1919)

Ich war nie krank und beneidete immer die, die krank sein konnten, die man pflegte, für die man etwas feinere Worte hatte, wenn man zu ihnen sprach. Deshalb dachte ich mich öfters krank und war gerührt, wenn ich in meiner Einbildung vernahm, wie meine Eltern zärtlich zu mir redeten. Ich hatte ein Bedürfnis danach, zärtlich behandelt zu werden, und es geschah nie. Vor meiner Mutter fürchtete ich mich, weil sie so selten zärtlich sprach. (Geschwister Tanner, 1907)

Ja, es hat so was Feines, wenn man krank ist. Man wird achtungsvoll behandelt. Gedankenvoll schaut man einen an. Ein Erkrankter ist der Gegenstand erhöhter Aufmerksamkeit. Das muß einem doch schmeicheln. (Felix – Szenen, 1924/25)

Meine Mutter eilt immer, als fände sie zu vielem, dem sie sich gern widmen würde, keine Zeit. Sie gäbe sich mit mir

Robert Walser als Konfirmand

ab, wenn ihr das erlaubt wäre. (Felix – Szenen, 1924/25)

Seine Mutter mit der Mutter des Freundes zu vergleichen, lag nahe. Sie war leidender als andere Frauen. Ihr Sehnen nach etwas, das sie nicht besaß, ging auf ihn über. Er wünschte, die Unruhige wäre ruhig. (Die Kindheit, 1933)

In starkem Grad besitzt einer nur, was ihm fehlt, da er's suchen muß. Im Suchen lebt er. Alle suchen etwas. (Schwäche kann eine Stärke sein, 1926)

Für uns Kinder hatte die Mutter, als sie noch gesund war, etwas beinahe Majestätisches, vor dem wir uns fürchteten und zurückscheuten; als sie krank im Geist wurde, bemitleideten wir sie. Es war ein toller Sprung, so von der ängstlichen, geheimnisvollen Ehrfurcht ins Mitleid überspringen zu müssen. Was dazwischen lag: die Zärtlichkeit und Vertraulichkeit zu ihr, war uns unbekannt geblieben. (Geschwister Tanner, 1907)

… und dann die Stimme der Mutter, mit der sie einen schon aus der Entfernung strafte, so daß die nachher erfolgende, handliche und wirkliche Abstrafung nur noch süßes, lächerliches Zuckerzeug dagegen war. Sie hat solch eine Stimme anzuschlagen gewußt, die einen im Nu den begangenen Fehler bereuen und einen wünschen ließ, die heftig Gekränkte so schnell wie nur möglich wieder besänftigt zu sehen. Ihre Sanftheit hatte etwas wunderbar Sanftes für uns, es war ein Geschenk; denn wir sahen es selten. Gereizt und allzu empfindlich war meine Mutter immer. (Geschwister Tanner, 1907)

Die Schwester Lisa Walser (1874–1944)

Und dann träume ich. Ich träume oft furchtbare Dinge. So träumte mir eines Nachts, ich hätte Mama, die Liebe und Ferne, ins Gesicht geschlagen. Wie schrie ich da auf und wie jäh erwachte ich. Der Schmerz über die Scheußlichkeit meines eingebildeten Benehmens jagte mich zum Bett heraus. Bei den Ehrfurcht einflößenden Haaren hatte ich die Heilige gerissen und sie zu Boden geworfen. O, nicht an so etwas denken. Die Tränen schossen wie schneidende Strahlen zu den mütterlichen Augen heraus. Ich erinnere mich noch deutlich, wie der Jammer ihr den Mund zerschnitt und zerriß, und wie sie sich im Weh badete, und wie dann der Nacken nach hinten zurücksank. (Jakob von Gunten, 1909)

Unsern Vater fürchteten wir alle lange nicht so, wie die Mutter, wir fürchteten nur immer, daß er etwas gesagt oder getan haben mochte, worüber Mutter in Zorn geraten konnte. Er war ihr gegenüber machtlos, eine Natur, die das Energische nicht so sehr liebte wie das Sich-wohl-sein-Lassen. (Geschwister Tanner, 1907)

Er war ein Mensch vom alten Schlag, einer, der die Zeit verkörperte, die im Dahinschwinden begriffen sein mag. Die Welt nahm er hin, wie sie sich ihm darbot, wie sie im großen und ganzen, trotz vielfacher Änderungs- und Besserungsbestrebungen, wohl immer bleiben wird. Weder gab er sich vielen Gedanken hin, noch machte er sich überflüssig viele Sorgen, litt also durchaus nicht an der Idee, daß er für alles und jedes verantwortlich zu sein habe. Harmlos, wie er war, durfte er mit angenehmem Gottvertrauen durch das Leben gehen. Von Verfeinerung wußte er nie viel oder überhaupt nichts. (Das Bild des Vaters, 1916)

Nicht ohne weiteres ersichtlich, wohl aber immerhin möglich, ist, daß gerade die Mutter es gewesen sein mag, die den Vater in die geschäftliche sowie gesellschaftliche Höhe hinaufgestellt wissen wollte, aus der er, weil er sich schwieriger Lage keineswegs gewachsen zeigte, samt selbstverständlich der verehrungswürdigen Ehrgeizigen, bald wieder herabstürzte. (Das Bild des Vaters, 1916)

Die Idee, die vielleicht einem oder dem andern Kind gelegentlich vorflüstern wollte, daß die Mutter durch den Vater unglücklich gemacht worden sei, kann sicher ohne viele Untersuchung als grundunrichtig erklärt werden. Unglücklich ist die Mutter wahrlich gewesen, doch durch ihn, der ein seelenguter, hilfsbereiter Mann war, ganz bestimmt nicht. Vielmehr werden beide unter durchaus ein und demselben Unglück zu leiden gehabt haben, nur daß offenbar der Vater das auf beide herabstürzende, ungewitterähnliche Leid wesentlich leichter trug und ruhiger hinnahm; Ungunst des Himmels, widriger Umstände Zorn und Schicksalsschläge nachgiebiger sich aufladen ließ und alles Schwere gefälliger, schmiegsamer, kräftiger mit sich schleppte als die idealistische Mutter, die sich, stolzgesinnt und hochgeartet, wie sie war, gleich freilich herrlicher Rebellin gegen das auf sie niedersausende Gewicht und gegen eine gewiß

Die Schwester Fanny Walser (1882–1973)
Nächste Doppelseite:
Der Bruder Karl Walser (1877–1943)

in keinem Sinne verdiente Züchtigung aus tiefstem Grunde edelempfindender Seele empörte.
Herrische Naturen brechen leichter zusammen, müssen schneller krank und matt werden als geduldige und folgsame. Vater war nur ein anderer, doch sicher nicht schlechterer Mensch wie die Mutter, und am Ende war er halt ein Mann. (Das Bild des Vaters, 1916)

Nimm an, ich hätte dich mustergültig erziehen lassen: mit was für einer furchtbaren Verantwortungslast auf Kopf und Rücken würdest du dann dastehen. Denn wisse: eine wirklich und in jeder Hinsicht gute, eine sogenannte glänzende Erziehung verpflichtet, sie verpflichtet den Empfänger zu ihr entsprechenden glänzenden Leistungen, sie verpflichtet auch zu der glänzenden Karriere. Sei du glücklich, mein Sohn, daß du wirst atmen dürfen, ohne immer nur an das Emporkommen denken zu müssen. Deine mangelhafte Erziehung verpflichtet dich nicht zu dem Gespenste, zu der Mustergültigkeit, zu dem fürchterlichen Müssen-in-jeder-Hinsicht-hervorragen. Frei wirst du sein. Ein Sohn der Natur, ein Sohn der Welt wirst du sein. Atmen und leben wirst du dürfen. Die da musterhaft sind, die leben nicht, und hiermit grüßt dich überaus herzlich, im Bewußtsein, daß er dir etwas Vernünftiges gesagt hat, dein Vater. (Brief eines Vaters an seinen Sohn, 1914)

Vielleicht darf man folgender Meinung sein: Väter sind zum Korrigieren, Überwachen ihrer Knaben da, Mütter aber mehr dazu, um sich heimlich und offen an der Ergötzlichkeit des aufwachsenden Stückes Männlichkeit herzlich zu erlaben, das sie mit dem so einfachen und doch auch wieder so merkwürdigen Namen »Sohn« bezeichnen. Ein Sohn ist für seine Mutter eine Sonne. (Ich wohnte einem Konzert bei, 1926/27)

Meine bescheidene Wenigkeit war im elterlichen Hause, als kleiner Junge, der noch unglaublich grün und noch ziemlich naß hinter den Ohren war, der bevorzugte Inszeneur, Theaterspieler, Dramaturg, Regisseur und Geschichtenmacher meiner jüngern Schwester, der ich eine Zeitlang immer Geschichten, nicht etwa nur erzählen, nein, machen mußte, wessen ich mich heute glücklicherweise noch deutlich erinnere, da ich sonst diesen interessanten Aufsatz ja gar nicht schreiben könnte. Fanny, so, meine ich, hieß die entsetzliche kindliche Tyrannin, die gebieterisch von mir verlangte, ich solle ein dichterisches Genie sein, um sie mit Vorgängen zu erbauen und mit Geschichten zu unterhalten, wobei sie mir stets, und das war das Schreckliche, drohte, zu Mama zu gehen und mich als Bösewicht zu verklagen, wenn ich mich von Zeit zu Zeit eines so ermüdenden und geistig so aufreibenden Geschäftes, wie das edle Dramatisieren ist, ein wenig entziehen wollte. (Fanny, 1912)

Meine Lehrerin ist übrigens meine Schwester, aber dieser Umstand hinderte sie nicht daran, mich Tagedieb fortzujagen, wenn sie den Wunsch dazu in sich verspürte. Sie ist tapfer und aufrichtig. Sie hat mich mit einem Gemisch von Liebe und Mißtrauen emp-

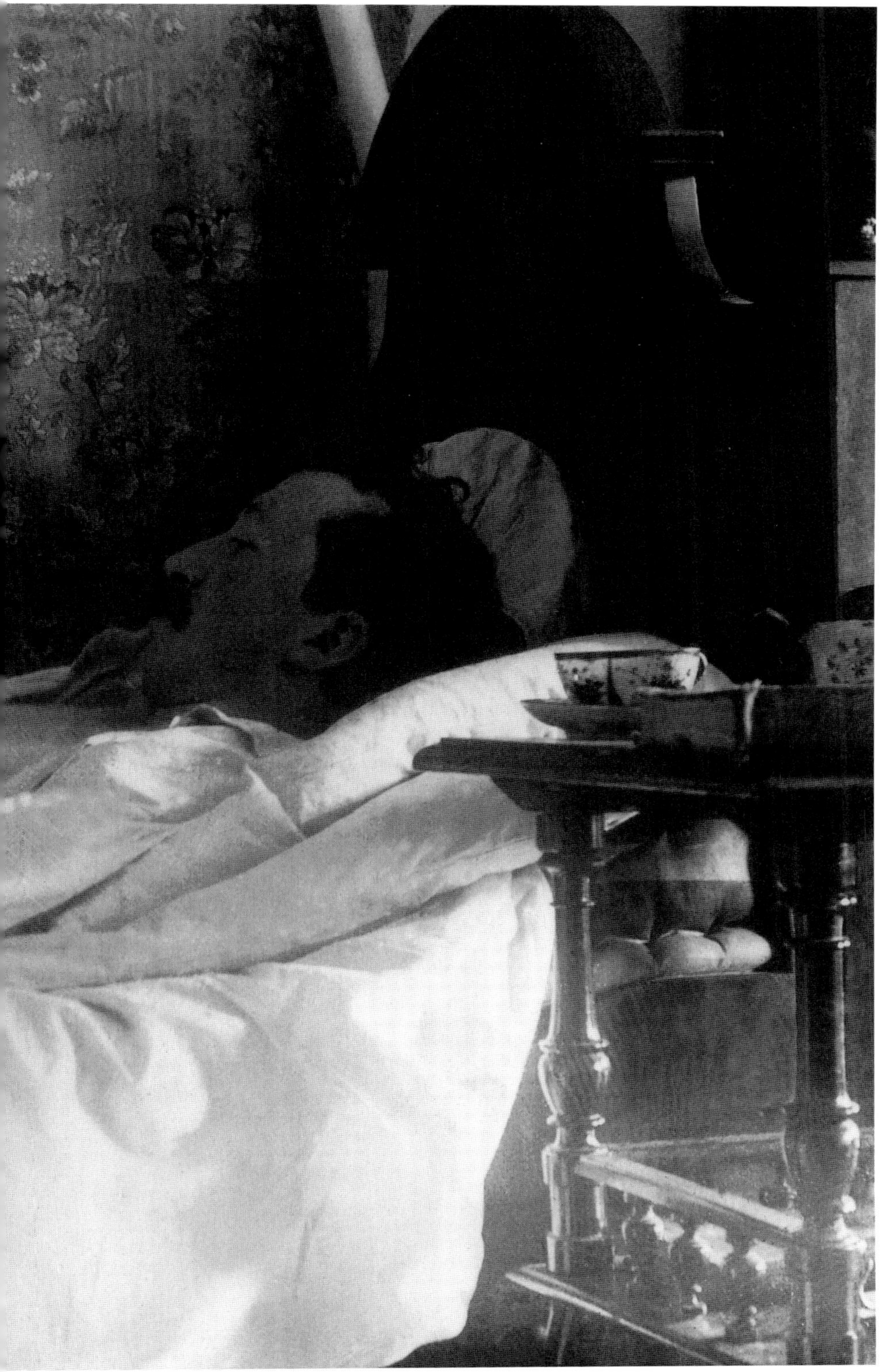

fangen, freilich, denn sie mußte denken, daß der Lump von Bruder nur daher gesegelt und gewackelt komme, zu ihr, der seßhaften Schwester, weil er in Gottes Welt nicht mehr wußte, wohin! (Geschwister Tanner, 1907)

Du lebst mein ganzes Leben in dir mit, mit mir, deiner Schwester. Du bist eigentlich zu gut dazu, nur mein Bruder zu sein. Es ist schade, daß du mir nicht mehr sein kannst: Auch das würdest du gerne sein ... (Geschwister Tanner, 1907)

Wir sind eigentlich seltsame Käuze, wir zwei. Wir treiben uns auf diesem Erdboden umher, als ob nur wir, und sonst keine anderen Menschen darauf lebten. (...) Eigentlich sind wir gar keine Brüder, sondern Freunde, wie zwei sich einmal auf der Welt zusammenfinden. Ich bin wirklich nicht für die Freundschaft gemacht und begreife nicht, was ich so Tolles an Dir nur finde, das mich zwingt, mich immer wieder an Deine Seite, gleichsam an Deinen Rücken heranzudenken. (...) Unsere Freundschaft hat sicher etwas Geheimnisvolles, wenn ich Dir sage, daß es gar nicht so unmöglich ist, daß im Grunde genommen unsere Herzen voneinander wegstreben, daß sie nur nicht können. (Geschwister Tanner, 1907)

Wir streiften, Du als Maler, ich als Zuschauer und Dreinreder, über die Matten auf den breiten Bergen, wateten im Duft des Grases, in der Nässe des kühlen Morgens, in der Hitze des Mittags und im feuchten, verliebten Untergehen der Sonne. Die Bäume sahen uns zu, was wir da oben trieben, und die

Wolken ballten sich zusammen, gewiß aus Zorn, daß sie keine Macht besaßen, unsere neugebackene Liebe zu brechen. Abends kamen wir gräßlich zerbrochen, verstaubt, verhungert und vermüdet nach Hause, und auf einmal gingst Du dann weg. Weiß der Teufel, ich half Dir wegreisen, als ob ich dazu durch Handgeld verpflichtet gewesen wäre, oder als hätte ich Eile gehabt, Dich verduften zu sehen. Gewiß war es mir eine heilige Freude, Dich abreisen zu sehen, denn Du reistest der großen Welt entgegen. Wie wenig groß ist die große Welt, Bruder. (Geschwister Tanner, 1907)

Auf der Suche nach einem verlorenen Sohn III

C. Walser
Nach Natur

Als seine Mutter tot ist, soll er, nach dem Willen des Vaters, eine Banklehre machen. Aber er will Schauspieler werden. Das ist beschlossene Sache. Von der Flohbühne des Bieler Provinztheaters herunter hat er eine Aufführung von Schillers *Räubern* gesehen. Gewiß nicht die beste. Degen sind da gezückt und gegeneinandergeschlagen worden. Schurken und Edle haben sich einen feurigen Kampf auf des Messers Schneide geliefert. Liebe und Politik, Leidenschaft und Gewalt sind sich eins übers andere Mal in die Quere gekommen. Nicht nur der aus seinen Nähten platzende Saal, das ganze Weltgebäude ist unter dem Zusammenprall der Zeiten und Mächte in seinen Grundmauern erzittert. Von der baupolizeilich nicht über jeden Zweifel erhabenen Galerie, auf der er, zusammengepfercht mit unzähligen andern Gebannten, Erschreckten und Aufgewühlten, gesessen hat, gar nicht zu sprechen. Große, menschenherzenerschütternde, tintenkleckserjahrhundertvernichtende Worte sind da gefallen.

Könige sind Bettler, Bettler Könige, das möchte er selber der Menschheit gesagt haben. Daß in Wahrheit alles ganz anders ist, als es scheint. Daß zuunterst zuoberst ist und zuoberst zuunterst. Daß die Welt eine andere Welt ist. Das in ihr Große das Kleine und das in ihr Kleine das Große. Und daß das Nebensächliche das Wesentliche und das Gewöhnliche das Ungewöhnliche und das Unbedeutende das Bedeutende ist. Das Leichte das Schwere, das Laute das Leise, das Grobe das Zarte, das Verletzende das Verletzte. Und daß er selbst ... Er muß von der Flohbühne herunter auf die richtige Bühne, in dieses Geviert, auf das sich die Aufmerksamkeit aller Zuschauer wie ein einziger Blick richtet. Er sieht es, wenn er für einen Moment aus den Augenwinkeln seine Umgebung zu beiden Seiten als eine geschlossene, nach vorne geneigte Wand wahrnimmt. Muß selber ins Zentrum, in den Beifall der Menge, auf diese Bretter, die ihm von nun an die Welt bedeuten. Er hat der Welt etwas mitzuteilen.

Denn natürlich hat es am Ende viel Beifall gegeben. Nicht nur für die Guten, auch für die Bösen. Sogar die Toten sind in

Karl Walser,
***Robert als Karl Moor*,**
Aquarell, 1894

diesem Getöse noch einmal auferstanden. Er selber hat kräftig mitgeklatscht. Und mit den Füßen gestampft. Und Bravo gerufen. Auch wenn er alles da unten, wenn man ihn machen ließe, ja doch ein wenig anders anpacken würde.

Zum Beispiel würde er natürlich nicht wie dieser bekannte Tragöde, der den Franz Moor gemimt hat, wie ein Verrückter oder vom Affen Gebissener auf der Bühne in der Länge und in der Quere herumsirachen oder sich auf dem Boden wälzen oder sich die Kleider halb vom Leib reißen und mit den zu Fäusten verkrampften Händen fuchteln und die Augen verdrehen und mit den Kinnbacken knacken, um sich in seiner Bösewichtigkeit darzustellen, nur weil der jugendliche Autor des Stückes in seiner Jugendlichkeit damals in einer Rand- oder Klammerbemerkung etwas von ferne Ähnliches vielleicht gewünscht hat. Und nicht im Traum würde er als großer Liebender daran denken, seiner Geliebten die Liebe einfach so offen und für alle sichtbar auf einem goldenen Tablett zu servieren, sie von allen Seiten mit Kußhänden zu überschütten oder ihr gar auf den sorgfältig verschnürten und nun zu entschnürenden Leib zu rücken. Das alles hält er für ziemlich geschmacklos. Das alles, das Brüllen und Schreien, das Toben und Säbelrasseln, das Seufzen und Stöhnen, das Schmachten und Schwärmen, das Himmelhochjauchzen und Zutodebetrübtsein, würde er lassen. Er würde seine Gefühle natürlich nicht zeigen.

Nur dastehen würde er, nicht einmal unbedingt an der Rampe, nicht einmal wirklich im Scheinwerferlicht, vielleicht ganz auf der Seite, oder gar hinten, dicht vor der nackten Wand, Kulissen bräuchte er nicht, immer weiter zurücktreten würde er, in den hintersten Winkel der Bühne, mit dem Rücken zum Publikum, die Mitspieler hätte er alle nach Hause geschickt, und von ihm aus könnte jetzt auch das Licht ausgemacht werden: dastehen und leise sprechen und sich auf die Wirkung der Worte verlassen. Alles andere, hinter den Worten, müßten die Zuschauer selber entdecken.

Vielleicht, daß er einmal im Halbschatten der Notbeleuchtung den Kopf heben würde, zu einer Frage, und wieder senken. Vielleicht, daß er gelegentlich einmal zwischen zwei Sätzen mit den Schultern zuckte, als ob er nicht weiter wüßte. Aber nicht etwa nicht weiter im Text, sondern nicht weiter im Leben. Oder daß er schon auch einmal ein paar Schritte, in Gedanken versunken, auf und ab ginge. Oder aus der Hand eine Faust machte. Oder sich auch, am Ende, doch wieder umdrehte und ins Publikum blickte und auf das Publikum zuginge und das Publikum anspräche. Warum auch nicht? Aber doch nicht so wie diese Gelackten, die ihn zwar mit ihrem Getue und ihrer Kunst vom Sessel gerissen und aus dem Häuschen gebracht, aber dabei ja gar nicht zur Besinnung haben kommen lassen. Er höbe jetzt vielleicht nur den Arm und zeigte mit einer beiläufigen Geste der Hand auf etwas, das über den Zuschauern schwebte, das man nicht sähe, das man sich darum vorstellen müßte. Oder er machte, in den Bühnenhimmel hinauf, eine Gebärde des Lauschens. Oder, nach der Seite, eine solche des Horchens. Oder des Findens oder Gefundenwerdens. Sonst machte er gar nichts. Nur leuchten würde er, leuchten.

Aber man sagt ihm, als er schon in der Buchhandlung für teures Geld seine Klassikerware eingekauft hat und mit dieser Klassikerware nach Hause gegangen ist und sie auch studiert hat und auswendig gelernt und vor dem Spiegel oder in der freien Natur eingeübt und er inzwischen mit den nötigen Requisiten und Kostümen, Pistole, Schärpe, Weste, Stiefeln, Schlapphut, romantischen Kragen, ausstaffiert ist und bald auch auf der Straße wie der junge Schiller spricht und es endlich zum Vorsprechen kommt, er leuchte zu sehr nach innen.

1895 Zunächst in Basel, dann für ein Jahr in Stuttgart, wo sein Bruder Karl sich zum Maler ausbildet. Vergebliche Versuche, Schauspieler zu werden.

Zeitschriften-Umschlag von Karl Walser

Könige sind Bettler, Bettler Könige

Im Alter von zirka fünfzehn Jahren ließ er sich von einem begabten Photographen photographieren. Er sieht auf diesem Bild, das mir gelegentlich zu Gesicht kam, verhältnismäßig verschlossen, schweigsamkeitverkündend aus, so, als wünsche er es weit zu bringen und wolle lieber wieder weiter nicht viel Besseres erreichen als etwas Einfaches, Nichtssagendes. Ein gewisser Trotz schien ihm meiner Ansicht nach eher nah als fremd zu sein, worunter ich etwas Angeborenes verstehe. (Eine Art Bild, 1930/31)

Sein eigentlicher Lehrer war er selber, und man kann sagen, daß er hauptsächlich bei sich selber in die Schule ging. (Der Student, 1917)

Nun habe ich noch eines auf der Seele: Gaukler sein wäre schön. Ein berühmter Seiltänzer, Feuerwerk hinten auf dem Rücken, Sterne über mir, einen Abgrund neben, und so eine feine schmale Bahn vor mir zum Schreiten. – Clown? Ja, ich fühle, ich habe zum Spaßmachen Talent. Aber den Eltern würde es Kummer bereiten, mich auf der Bühne zu wissen mit einer rotbemalten langen Nase und mehlbestreuten Wangen und im weiten lächerlichen Anzug. (Fritz Kochers Aufsätze, 1902)

Der Vorhang geht auf, man sieht in einen offenen Mund hinein, in eine rötlich beleuchtete Kehle hinunter, daraus hervor eine große, breite Zunge leckt. Die Zähne, die den Bühnenmund umrahmen, sind spitz und blendend weiß, das Ganze sieht dem Rachen eines Ungetüms ähnlich, die Lippen sind wie ungeheure menschliche Lippen, die Zunge bewegt sich nach vorn, über die

Theaterzettel

Stadt-Theater in Biel
Direktion: Moritz Alexander Krüger
Sonntag den 18. Februar 1894
Letztes Gastspiel des Hrn. Carl BROICH v. Bern
Auf vielseitiges Verlangen!
Die Räuber
Schauspiel in 5 Akten von Friedrich v. Schiller.
Regie: Peter Hain. 603
Personen:

Maximilian, regierender Graf von Moor	Viktor Anschütz
Karl } seine Söhne	Karl Jakoby
Franz }	*
Amalia von Edelreich	Kathi Danner
Hermann, ein junger Edelmann	Heinrich Frick
Spiegelberg	Josef Schlebach
Schweizer — Libertiner,	Otto Felden
Grimm	Josef Perré
Razmann — später	Julius Fuchs
Schufterle — Banditen	Viktor Frick
Roller	Peter Hain
Kosinsky	Selma Lenoff
Daniel, Diener des Grafen von Moor	Louis Kneiß
Eine Magistratsperson	Eduard Bruyn

Räuber, Volk.
, Franz Moor . . . . . KARL BROICH als Gast.
Erhöhte Preise!

Rampe hinaus und berührt mit ihrer feurigen Spitze beinahe die Köpfe der Zuschauer … (…) … endlich bewegen sich die Lippen des großen Maules und sprechen das stille, aber deutlich und warm hörbare Wort: Das Stück beginnt. (Entwurf zu einem Vorspiel, 1907)

Sind nicht auch die Dichtungen Träume, und ist denn die offene Bühne etwas anderes als ihr großgeöffneter, wie im Schlaf sprechender Mund? (Das Theater, ein Traum I, 1907)

Wer erinnert sich übrigens hinsichtlich der »Räuber« nicht an die Geschichte vom verlorenen Sohn, die zur Darstellung bringt, wie einer solid und klug zu Hause bleibt, während sich der andere verlocken läßt, in die Ferne zu schweifen? (…)
Schon als Schulknabe durfte ich anläßlich eines Theaterabends den Reiz und die Wirkung des Dramas erleben, das gewiß eines der interessantesten Werke der Weltliteratur ist. (Schiller II, ca. 1930)

Wie herrlich aufregend diese »Räuber« sind, und wie gehagelt voll das Theater ist! Etwas Grünes hat man auf der Bühne gesehen; das ist der Amaliapark gewesen, ein Degen ist blitzend gezogen worden, und ein dünnbeiniger Schurke Franz hat sich auf seine Fersen gelegt, das heißt, er hat vor dem Weib in Schwarz die Flucht ergriffen. Hundertfach schön sind die Worte gewesen: Könige sind Bettler, Bettler Könige! (Wenzel, 1909)

Oben: der Zuschauerraum des Bieler Stadt-Theaters
Rechts: Das Theater von außen

Unterdessen werden Rollen auswendig gelernt. Der junge Frohmutige bekleidet sich mit einer Samtweste, die sein Vater zu Hochzeiten getragen hat. Über die Schulter wirft er einen alten Onkelsmantel, der in einer Stadt am Mississippi erhandelt worden ist, und um die Hüften wird eine Glarnerschärpe gewunden. Der Kopf bekommt eine zweckentsprechende Bedeckung, es ist dies eine Pfanne aus Filz, geziert mit einer Wildentenfeder. Die Hand hat sich eine gräuliche Pistole zu verschaffen gewußt, und den Beinen haften Waldhüterstiefel an. Also ausstaffiert wird »Karl« eingeübt. (Wenzel, 1909)

Ich bereite mich gegenwärtig darauf vor, Schauspieler zu werden. Mein erstes Auftreten auf den Brettern ist nur noch die übliche Frage der Zeit. Momentan lerne ich Rollen auswendig. Den ganzen Tag, trotz des herrlichsten Wetters, sitze oder stehe ich aufrecht in meiner Bude und deklamiere in allen Tonarten. Ich bin vollständig vom Theaterteufel verschlungen. Meine Nachbarschaft bringe ich durch mein Brüllen zur Verzweiflung. Was soll aus mir werden? (Ein Genie I, 1907)

Er packt seine Schauspielergedanken in seinen Handkoffer, auch die Klassiker vergißt er nicht. Er fährt nach dem Schwabenland. Dort hat man ihm aber eines Tages dann ganz gehörig die Meinung gesagt, es hat einfach geheißen: »Junger Mann, von wo Sie auch abstammen, gut oder minder gut bürgerlich, Ihnen fehlen die göttlichen Funken!« (Wenzel, 1909)

Illustration von Karl Walser zu *Die Talentprobe*

Rechts: Karl Walser in Hamlet-Pose
Unten: Illustration von Karl Walser zu *Lustspielabend*

Aber Sie besitzen auch nicht die leiseste Spur eines schauspielerischen Talents. Alles ist verborgen, verhüllt, vertieft, trocken, holzig an Ihnen. Sie mögen der glühendste Mensch innerlich sein, zerwühlt meinetwegen von herzlichen Leidenschaften, doch es kommt nichts an Ihnen zur Erscheinung, nichts zum Ausdruck. (…) Die heilige, inbrunstvolle Flamme fehlt Ihnen, das Auge, das Lippenpaar, die drohende, bewegliche Wange. Bewegung fehlt Ihnen. Manier, sehen Sie, das haben Sie, aber das bedeutet nichts, das ist menschlich. Sie haben nichts Künstlerisches. Ich bin davon überzeugt (geben Sie mir die Hand), daß Sie innere Gaben besitzen, die Sie, wenn Sie heranreifen, zum guten, brauchbaren Mann stempeln werden. Ich glaube, daß Sie ein schöner Mensch werden; auf der Bühne, im goldenen Licht der Rampe, wären Sie häßlich, glauben Sie es mir. (Die Talentprobe, 1907)

Franz: *Ja »Gefühl ist alles.« O mein Goethe! Wann komme ich dazu, deinen Faust auf der Bühne zu geben? Welche Seligkeit! Alles in grellem Lampenlicht, und nun die stille Nacht meines Sprechens. Freilich muß man zuerst sprechen können.*
Hermann: *Du gehst also zur Bühne?*
Heinrich: *Willst du das wirkliche Leben mit dem Scheine vertauschen, den Körper mit seinem Reflex?*
Franz: *Uh, die Philosophen. Ich gehe zur Bühne in der Absicht, mir dort ein lebendiges Leben einzurichten.*
Heinrich: *Tu es, tu es, aber ist es nicht schwer?*
Franz: *Nicht zu schwer, denn es wird leicht genug sein, daß ich es in meine Macht bekomme.*

Hermann: *Macht ist oft nichts als Einbildung.*
Franz: O du bist klug! Einbildung ist selbst die Macht. Bilde dir nur nie etwas ein, und du wirst dir nie etwas unterwerfen. Ach, wie es hier schön ist! Welche Freiheit! Daliegen und von Größe träumen zu können. (Er erhebt sich.) *Herumzugehen hier und von Größe zu träumen. (…)*
Heinrich: *Nun? Hast du von deiner Größe ausgeträumt? Bist du so kleinlich und kehrst zu uns zurück?*
Franz: Man wird müde vom Träumen.
Hermann: *Träumen ist wie Regen, es weicht so auf.*
Franz: *Nein, Träumen ist wie Abendsonne, süß und rot, aber schwer und weh. (Die Knaben, 1902)*

Mit dem Schauspielerberuf ist es nichts, doch, so Gott will, werde ich ein großer Dichter werden. (An die Schwester Lisa, ca. 1896)

Auf der Suche nach einem verlorenen Sohn IV

Da man ihn nicht spielen läßt, muß er arbeiten. Das heißt in Stellungen gehen, sich höheren Orts anbieten, Brotberufe ergreifen. Anfangs hilft ihm der Vater dabei, dann hilft er sich selbst.

Meist sind das niedrige Schreibstubenstellen, die er besetzt. Nicht weil er sie seiner für würdig erachtet; weil ihm nichts Besseres einfällt. In verschiedenen Städten, in den verschiedensten öffentlichen und privaten Anstalten, im Industrie- und im Bankwesen; Commis-, Gehülfen- und Bürolistenstellen. Stellen, an denen man einen jungen Mann seines Schlags, und das heißt seiner Phantasie, gar nicht vermutet. Bis hin zu jener eigenartigsten von allen, beim Ingenieur und Erfinder Dubler, in dessen Niedergang bis zur Zahlungsunfähigkeit er sich wie in sein eigenes Schicksal hineinschickt. Sein zweiter Roman wird später davon erzählen. Hat er denn keine höheren Ambitionen als seinen möglichst baldigen Untergang?

Doch. Denn an all diesen Stellen ist ja seine wahre Arbeit auch nicht die Arbeit, für die er bezahlt wird, sondern, unumwunden, das Träumen. Das Träumen und Sinnen und Spinnen. Das Dichten. Er entwirft ja, während er Rechnungen ins reine schreibt oder langweilige, langfädige Korrespondenzen, die ihn einen alten Hut interessieren, oder eine die Welt um kein Komma verständlicher machende Statistik, in Wahrheit Gedichte. In seinem Kopf, der, in die linke Hand gestützt, als schwerer Schatten über all diesen Wirklichkeiten liegt, in die die rechte versucht, eine gewisse minimale Ordnung zu bringen, und um den an warmen, trägen Sommernachmittagen bei geöffneten Fenstern Fliegen kreisen, kreisen wie eine schöne, traurige Musik ganze Sonnen- und Mondsysteme von eigenen kleinen Welten. Manchmal schüttelt er sie, indem er den Kopf plötzlich, in einem Anflug von Mutwillen, aufwirft, auf ein leeres Blatt Papier, das er unter seinen Papieren für alle Fälle bereithält. Da ihn das Leben verneint, verneint er das Leben und schreibt. Aber das tut er heimlich. Das sieht keiner. Und man sieht es ihm auch nicht an.

Im Gegenteil, er gilt als tüchtiger, fleißiger, zuverlässiger

Robert Walser in seiner Zürcher Zeit, um 1900

Mitarbeiter. Er hat eine schöne Schrift. Die kann man überall brauchen. Auch wenn man den Kerl, dem sie gehört, gelegentlich ein wenig sonderlich findet. Gelegentlich wird er entlassen. Meist geht er vorher, weil er sich von seinen Aufgaben entschieden und unerträglich unterfordert sieht. Weil es ihm als eine unanständige Zumutung vorkommt, mit seinen Talenten, die er doch hat, um mit ihnen zu wuchern und um sie wuchern zu lassen, so wenig wuchern zu dürfen. Aus Überzeugung übt er seine verschiedenen Berufe ja ohnehin nicht aus. Unter dem Aspekt der Ewigkeit ist ihm der eine so lang und breit wie der andere. Sein wahrer Beruf, den er gerade im Begriff ist zu entdecken, duldet, das weiß er, im Grunde neben sich keine anderen Götzen. In den Abgangszeugnissen, die sie ihm sehr bald nach seinem Eintritt bereitwillig ausstellen, wünschen ihm seine Prinzipalen, die es gut mit ihm meinen, für das Fortkommen Glück. Machen Sie, daß Sie fortkommen, oder: machen Sie, daß Sie weiterkommen, ist das mindeste, das sie ihm zu seiner Verabschiedung sagen.

So geht er weiter. So geht es fort. Von einer Stelle zur andern. Fünf Monate lang ist er Hilfskraft bei einem Bank- und Speditionshaus in B. Bei zwei Verlagshäusern in S. hat er während einiger Zeit mit den Inseraten zu tun. In Z. ist er nacheinander bei zwei miteinander in Konkurrenz stehenden Maschinenfabriken als Kontorist angestellt. Als Hausbursche putzt er einer jüdischen Dame eine Zeitlang die Schuhe, klopft ihr die Teppiche, aus denen gar nichts herauszuklopfen ist, aus, reicht ihr das Essen dar. Einem Rechtsanwalt bringt er vorübergehend ordentlich Unordnung in verschiedene Akten. Einer Buchhandlung nötigt er sich kurzfristig als Bücherliebhaber, der aus seiner Bücherliebhaberei seine Lebensgrundlage machen will, auf. In einer Nähmaschinenfabrik darauf weiß er selber nicht recht, was er tut. Eine kantonale und eine bundesweite Kreditanstalt am Platz diskreditiert er in rascher Folge durch sein ganz und gar kreditunwürdiges Wesen. Eine Versicherungsgesellschaft verunsichert er, indem er sie als schnellebiger Buchhalter seiner vorzüglichen und nicht enden wollenden Hochachtung versichert. In der Aktienbrauerei von T. brauen sich in seinem Kopf allerlei ganz brauereifremde Gedanken zusammen. In S., wo er bei der Hilfskasse als Hilfsbuchhalter arbeitet, wird ihm weitergeholfen. In der Elastique-Fabrik von W. wird er nach erstaunlich kurzer Eingewöhnungszeit von seinem Nachfolger zum Vorgänger befördert. Oft faßt er schon beim Eintritt in eine Stellung den Austritt aus derselben lebhaft ins Auge. Manchmal sitzt er auch zwischen Stühlen und Bänken. Das heißt, er hat zum Arbeiten gar keine Zeit, weil er damit beschäftigt ist, Arbeit zu suchen. Oder er drückt wieder einmal die Bank in der Schreibstube für Stellenlose. Das ist natürlich auch keine Lebensstellung. Oder er kämpft verzweifelt gegen die Versuchung an, als Hund zu einer Herrschaft zu gehen. Bevor er sich endgültig entschließt, sein Auskommen als Hilfsprosaist und Gedichtstückwerkverfasser zu suchen.

Bei all dem ist ihm die Vorübergänglichkeit der Stellen der einzige Trost. Nur die Bewegung hält sein Gestirn am Himmel. Wäre sie langsamer, würde er abstürzen. Nicht in Gruben hinein, die ihm auf der Erde gegraben sind, in den Abgrund, den er selber mit sich herumträgt. So hilft ihm die Fliehkraft gerade noch, sich an den Rändern zu halten. Und bestimmt ist ja bei dieser Aufzählung des Vorübergehenden und Vorübereilenden, genauer dessen, woran er vorübergeht und vorübereilt, noch die Hälfte vergessen gegangen. Es muß, sagt er sich selbst, bei ihm eine Art Krankheit sein, daß er es nirgends aushält. Er hofft doch nicht insgeheim darauf, von irgendwem ausgehalten zu *werden*? Jedenfalls sagt er sich in dieser Beziehung kein gutes Ende voraus.

1896 Zurück in der Schweiz, lebt Walser in den folgenden zehn Jahren, mit wenigen, kürzeren Unterbrechungen, bei häufigem Stellen- und Adressenwechsel, in Zürich.

1897 Ende November erster kurzer Aufenthalt in Berlin.

1898 Am 8. Mai erste Veröffentlichung einer Auswahl von Gedichten durch Josef Viktor Widmann im Berner *Bund*. Bekanntschaft mit dem Essayisten Franz Blei.

1899 Frühjahr in Thun. Dann vermutlich Aufenthalt in München. Kontakte zum Künstlerkreis der Zeitschrift *Die Insel*. Ab Oktober in Solothurn.

1900 Noch bis zum April in Solothurn.

1901 Im September Wanderung von München nach Würzburg. Besuch beim Dichter Max Dauthendey.

1902 Im Januar in Berlin. Von Februar bis April bei der Schwester Lisa in Täuffelen am Bieler See. Dann wieder in Zürich.

1903 Von März bis Mai als Angestellter der Elastique-Fabrik Ganzoni in Winterthur. Rekrutenschule in Bern. In der zweiten Jahreshälfte als »Gehülfe« des Ingenieurs und Erfinders Dubler in Wädenswil am Zürichsee.

1904 Als Angestellter der Zürcher Kantonalbank wieder in Zürich. Ende November Erscheinen von Walsers Erstling *Fritz Kochers Aufsätze* im Insel Verlag, Leipzig.

Zürich, Rathausbrücke mit Hauptwache, Museumsgebäude, »Alte Meise« und Rathaus (von li. nach re.)

Da man ihn nicht spielen läßt, muß er arbeiten

Eines Morgens um acht Uhr stand ein junger Mann vor der Türe eines alleinstehenden, anscheinend schmucken Hauses. Es regnete. Es wundert mich beinahe, dachte der Dastehende, daß ich einen Schirm bei mir habe. Er besaß nämlich in seinen früheren Jahren nie einen Regenschirm. In der einen nach unten grad ausgestreckten Hand hielt er einen braunen Koffer, einen von den ganz billigen. Vor den Augen des scheinbar von einer Reise herkommenden Mannes war auf einem Emailleschild zu lesen: C. Tobler, technisches Bureau. Er wartete noch einen Moment, wie um über irgend etwas gewiß sehr Belangloses nachzudenken, dann drückte er auf den Knopf der elektrischen Klingel, worauf eine Person kam, allem Anschein nach eine Magd, um ihn eintreten zu lassen.
»Ich bin der neue Angestellte«, sagte Joseph, denn so hieß er. (Der Gehülfe, 1908)

Ich habe zu allen möglichen Berufen Lust. Da ist das Wählen eine schwere Sache. Ich glaube, ich tue am besten, wenn ich irgend einen, vielleicht den erstbesten ergreife, ihn erprobe, und, wenn ich ihn satthabe, fortwerfe. (Fritz Kochers Aufsätze, 1902)

Da er seine Fähigkeiten nicht kannte, so wußte er nicht recht, was er beginnen sollte. Er hatte allerhand Anlagen, wollte dies und das – der Kuckuck weiß was alles. Die Folge war, daß er zur Seite ging, um in einem Winkel über sich hinzubrüten. (...)
Weil er eine saubere, nette, flinke Handschrift schrieb und am Zeichnen von Buchstaben eine besondere Freude bekundete, so sagte ihm einmal der

Schreiblehrer, er solle Büroangestellter zu werden trachten; das sei für ihn offenbar das beste.
Späterhin trat er in der Tat in ein Büro und war nichts weniger als unarbeitsam; vielmehr erwies er sich als denkbar brauchbar. Er arbeitete jedoch ganz mechanisch. Sein Kopf war meist anderswo: in irgendeinem Unbestimmten, Undeutlichen. Es zeigte sich, daß er eine Art Träumer sei. (Der junge Dichter, 1918)

Warum bist du Commis? Hat die Welt keinen besseren Platz für dich, als das enge, dumpfe Bureau? (Der Commis, 1902)

Auch begann ich um jene Zeit auf dünne Streifen Papier kleine Gedichte zu schreiben. Ich tat dies in ruhiger handwerklicher Absicht, doch war etwas Geheimes dabei. Vielleicht fing ich an zu dichten, weil ich arm war und einer Nebenbeschäftigung bedurfte, damit ich mich reicher fühlte. (Aus meiner Jugend, 1919)

Etwas muß besonders hervorgehoben werden: Commis sind reiche, prächtige, ursprüngliche, herrliche Naturen! Reich in jeder Beziehung, prächtig in vielem, ursprünglich in allem und herrlich sowieso. Sein Talent zu schreiben macht leicht einen Schriftsteller aus dem Commis. Ich kenne zwei, drei, deren Traum, Schriftsteller zu werden, bereits in Erfüllung gegangen ist, oder noch gehen wird. (Der Commis, 1902)

Dieser Commis fing an, aus verzehrender Langeweile Gedichte zu schreiben, und er hat deren einige schöne gemacht. Er war eine feine, empfindliche

Seele. Ob er jetzt Stellung hat? Nein, er hat sich neuerdings aus der neuen Stellung gestrichen, so blöde und unklug ist er. Es muß eine Art Krankheit bei ihm sein, daß er es nirgends aushalten kann, und einige, die Einsicht in derlei Sachen haben, sagen ihm ein schlimmes Ende voraus. Kein Zweifel, er wird zugrunde gehen. Man sieht daraus, unter den viel belächelten, unbedeutenden Commis gibt es auch sehr tragische Schicksale. (Der Commis, 1902)

Vier bis fünf Gedichte des Commis, der sich vielleicht ein bißchen unüberlegterweise sogar schon Glacéhandschuhe angeschafft hatte, erschienen bald danach in einer Zeitschrift, die von einem prächtig fühlenden, freigebig gesinnten, begüterten Gebildeten wahrhaft scharmant finanziert wurde. (Aus dem Leben eines Commis, 1928/29)

Walser kam am 15. April 1878 in Biel im Kanton Bern als zweitletztes von acht Kindern zur Welt, besuchte bis zum vierzehnten Altersjahre die Schule und erlernte hierauf das Bankfach, reiste siebzehnjährig fort, lebte in Basel, wo er bei Von Speyer & Co. tätig war, und in Stuttgart, wo er Stellung bei der ›Union‹, Deutsche Verlagsanstalt, fand. Nach Ablauf eines Jahres wanderte er über Tübingen, Hechingen, Schaffhausen usw. nach Zürich, arbeitete bald im Versicherungs-, bald im Bankwesen, wohnte sowohl in Außersihl wie auf dem Zürichberg und schrieb Gedichte, wobei zu sagen ist, daß er dies nicht nebenbei tat, sondern sich zu diesem Zwecke jedesmal zuerst stellenlos machte, was offenbar im Glauben geschah, die Kunst sei etwas Großes. Dichten war ihm in der Tat beinah heilig. (Lebensläufe I, 1920)

An Etablissementen und Handelshäusern, worin er zu seinem mehr oder weniger starken und großen Nutzen tätig war, sind ferner zu nennen:
Eine an schäumender, blauer Aare gelegene Bierbrauerei, eine von reizender Architektur und lieblicher Landschaft umgebene Hilfs- oder Spar- und Leihkasse, eine Nähmaschinenfabrik, wo er sich prächtig bewährte, eine Strumpfbandweberei, wo er den Schatz seiner Kenntnisse durchaus nicht unwesentlich vermehrte. (Poetenleben, 1916)

Demnach handelt es sich in diesem kleinlichen, wie wir sagen möchten, proletarischen Poetenleben hauptsächlich um Arbeit in allerhand Bureaus und Schreibstuben, um mancherlei Stellenwechsel, sozusagen also um durchaus Alltägliches und Gewöhnliches, d. h. eigentlich um zweierlei: um Bureauarbeit und um Landschaft, um ein Stellenbekleiden und ein Stellenpreisgeben, um ein Herumwandern in warmer, freier Natur und um ein Sitzen, Festkleben und Schreiben an kaufmännischen Schreibtischen, die man Pulte nennt; um Freiheit sowohl wie um Gefangenschaft, um Ungebundenheit sowohl wie um Fessel; um Not, Bedürfnis, Sparsamkeit sowohl wie um üppiges, freches, fröhliches Verschwenden und köstliche, schwelgerische Genüsse, um harte, saure Arbeit sowohl wie um taugenichtsiges, tagediebiges, ins Geratewohl und Gehabdichwohl hineinlebendes, atmendes Vergnügen, um strenge Pflichterfüllung sowohl wie um vergnügliches,

Vorhergehende Doppelseite: Schreibstube für Stellenlose im Haus »Zum Steinböckli« an der Schipfe in Zürich

Aus *Gedichte*. Radierung von Karl Walser

Im Bureau

Der Mond sieht zu uns hinein,
er sieht mich als armen Commis
schmachten unter dem strengen Blick
meines Prinzipals,
ich kratze verlegen am Hals.

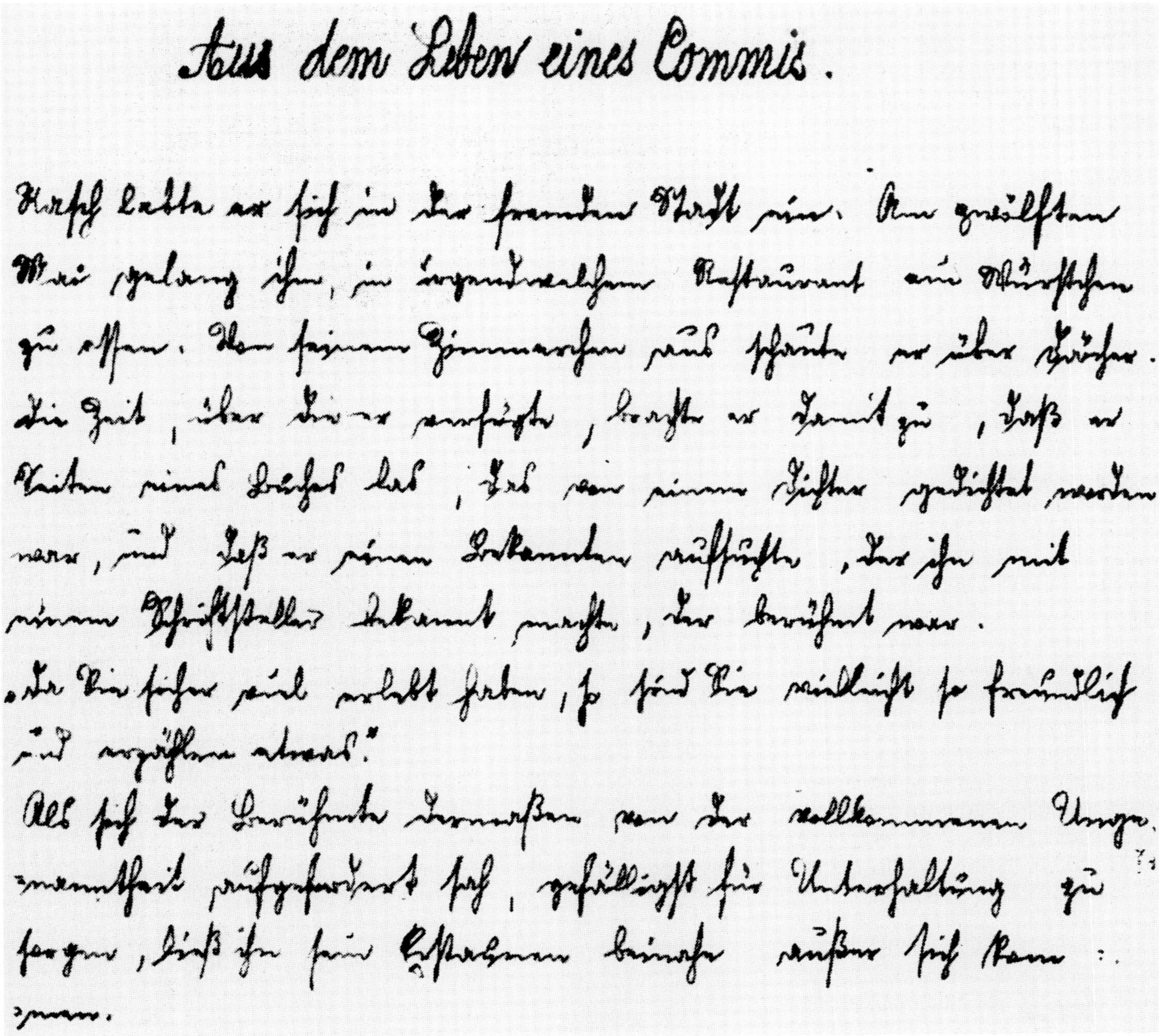

Aus dem Leben eines Commis.

Hübsch lebte er sich in der fremden Stadt ein. Am zwölften Mai gelang ihm, in irgendwelchem Restaurant ein Würstchen zu essen. Von seinem Zimmerchen aus schaute er über Dächer. Die Zeit, über die er verfügte, brachte er damit zu, daß er Seiten eines Buches las, das von einem Dichter gedichtet worden war, und daß er einen Bekannten aufsuchte, der ihn mit einem Schriftsteller bekannt machte, der berühmt war.
„Da Sie schon viel erlebt haben, so sind Sie vielleicht so freundlich und erzählen etwas."
Als sich der Berühmte dermaßen von der vollkommenen Ungewandtheit aufgefordert sah, gefälligst für Unterhaltung zu sorgen, ließ ihn sein Erstaunen beinahe außer sich kommen.

Robert Walser,
Anfang des Manuskripts
Aus dem Leben eines Commis, 1928/29

rötliches, bläuliches oder grünliches Schlendern, Spazieren und Vagabundieren. (Poetenleben, 1916)

Ein Bankgebäude ist doch ein dummes Ding im Frühling. Wie nähme sich eine Bankanstalt etwa auf einer grünen, üppigen Wiese aus? Vielleicht würde meine Schreibfeder mir wie eine junge, eben aus der Erde gesprossene Blume vorkommen. (Geschwister Tanner, 1907)

Ich bin nicht dazu geschaffen, eine Schreib- und Rechenmaschine zu sein. (…) Ich danke Ihnen, daß Sie die Energie besitzen, mich zu entlassen, und bitte Sie, von mir zu denken, was Ihnen beliebt. (…) In Ihren Bureaus, von denen man solches Aufhebens macht, in denen so gern jeder beschäftigt sein möchte, ist von einer Entwicklung eines jungen Mannes nicht zu reden. Ich pfeife darauf, den Vorzug zu genießen, der mit der Auszahlung eines festen, monatlichen Gehaltes verbunden ist. Ich verkomme, verdumme, verfeige, verknöchere dabei. Sie werden es überraschend finden, mich solcher Ausdrücke bedienen zu hören, aber Sie werden es zugeben, daß ich die völlige Wahrheit spreche. (Geschwister Tanner, 1907)

Am nächsten Morgen, die Sonne blendete hell, meldete er sich beim Stellenvermittlungsbureau. Der Mann, der dort saß und schrieb, stand auf. Der Mann kannte Simon sehr gut und pflegte mit ihm mit einer Art spöttischer, hübscher Vertrautheit zu verkehren. »Ah, Herr Simon! Sind Sie wieder da! In welcher Angelegenheit kommen Sie denn?«

Erstausgabe, 1908, Verlag Bruno Cassirer. Buchumschlag von Karl Walser

Villa »Zum Abendstern«, Wädenswil am Zürichsee, wo Robert Walser 1903 als »Gehülfe« angestellt war.

»Ich suche eine Stelle.«
»Sie haben schon zu wiederholten Malen Stelle gesucht bei uns, man möchte versucht sein, zu sagen: Sie suchen mit einer unheimlichen Schnelligkeit Stellen.« (Geschwister Tanner, 1907)

Munter und keck sprang er von Anstellung zu Anstellung, reiste er von Ort zu Ort, aus einer geringfügigen Position in die nächstbeste andere. In ihm lebte etwas, das ihn trieb, Vagabund zu sein, sich um öffentliche Meinung keinen Augenblick zu kümmern. (...) Kommis und Wanderbursche, Dichter und Bettler, höchlich solider ordentlicher Mensch und zugleich Landstreicher war er. (Zwei Männer, 1918)

Ich habe keine Zeit, bei einem und demselben Beruf zu verbleiben ..., und es fiele mir niemals ein, wie so viele andere auf einer Berufsart ausruhen zu wollen wie auf einem Sprungfederbett. Nein, das bringe ich, und wenn ich tausend Jahre alt werde, nicht fertig. (Geschwister Tanner, 1907)

Darf ich Ihnen gestehen, daß ich habe Förster werden wollen? Darf ich Ihnen ferner gestehen, daß ich anderthalb Tage bei einem Photographen in der Lehre gewesen bin, und daß ich vorübergehend auch an die Gärtnerei gedacht habe? daß jedoch bei alledem eine sehr lebhafte und kräftige Stimme in mir gewesen ist, die mir sagte, daß Berufsänderungen im allgemeinen immer nur Äußerlichkeiten, nicht Wesentlichkeiten sind. (Doktor Franz Blei, 1917)

Robert Walser, 1905, zwei Jahre vor der Niederschrift des *Gehülfen*

Ich bin noch überall, wo ich gewesen bin ..., bald weitergegangen, weil es mir nicht behagt hat, meine jungen Kräfte versauern zu lassen in der Enge und Dumpfheit von Schreibstuben, wenn es auch, nach aller Leute Meinung, die vornehmsten Schreibstuben waren, zum Beispiel gerade Bankanstalten. Gejagt hat man mich bis jetzt noch nirgends, ich bin immer aus freier Lust am Austreten ausgetreten, aus Stellungen und Ämtern heraus, die zwar Karriere und weiß der Teufel was versprachen, die mich aber getötet hätten, wenn ich darin verblieben wäre. (Geschwister Tanner, 1907)

Mein Bureauchef war neulich riesig artig, er sagte mir, ich könne nichts. Durft' ich mir solches gefallen lassen?
»Ei was«, erwiderte ich, »ich kann allerlei, ich kann zum Beispiel abdanken. Ist Ihnen das lieb? Bitte, äußern Sie sich.«
Ihm blieb nichts übrig, als damit einverstanden zu sein. Demnach legte ich meine Tätigkeit nieder, sagte Adieu und empfahl mich.
Eine Weile bedauerte ich, keine Stelle mehr zu haben und keine Obliegenheiten mehr glätten und pflegen zu dürfen.
Was sag' ich da? Sind Pflichten Kinderchen mit lieben Äugelchen und netten Löckchen? Das wäre etwas Neues.
Item, ich suchte mich zu fassen und stieg auf ein Pferd, das gewissermaßen beflügelt ist und den Namen Pegasus trägt. (Die Elfenau, 1921)

Auf der Suche nach einem verlorenen Sohn V

Bäckerei
Conditorei
W. Tanner
E. WEISHEIT
Schreinerei
Glaserei
TEL. 41.854
E. Denicola
Glaser
Licht-Kraft-Sonnerie

Noch schneller als die Anstellungen wechselt er die Adressen. Allein in Zürich weisen seine gesammelten Briefe, in denen er vornehmlich seine neueste Position im Koordinatennetz der Stadt ihren Empfängern mitteilt, siebzehn verschiedene Absender auf. Später in Bern kommen weitere fünfzehn dazu. Von Biel, Basel, Stuttgart, Berlin gar nicht zu reden. Er nomadisiert in den Steppen und Wüsten der Städte. Immer ist er auf dem Sprung weiterzuziehen. Wäre er eine Schachfigur, dann der Springer. Zwei grad, eins schräg. Oder zwei schräg und eins grad. Man muß sich ihn mehr zwischen den Häusern vorstellen als wirklich zu Hause. In Treppenhäusern, auf Treppenabsätzen, zwischen Türen und Angeln. Mehr damit beschäftigt, bei Vermietern, aber noch häufiger bei Vermieterinnen Zimmer zu besichtigen, als diese Zimmer dann auch zu bewohnen.

Ununterbrochen zieht er irgendwo aus oder ein. Ständig sinnt er darauf, wie er etwas hinter sich bringen, damit er alles noch vor sich haben kann. Immer sieht man ihn mit seinem Köfferchen gerade aus einem Hauseingang kommen, um eine Ecke biegen, vor einem Gartentor stehen, an einer Glocke ziehen, auf eine Klingel drücken. Ein ewiges Kommen und Gehen. Eine ewige Unrast. Ausgepackt und eingepackt ist bei ihm schnell.

Er hat wenig eigene Habe. Das Nötigste. Was er auf dem Leib tragen kann. Ein frisches Hemd noch dazu, Unterwäsche, ein Paar Socken, ein paar Bücher. Oder vielleicht nicht einmal das. Er leiht sich die Bücher, wenn er sie lesen will, aus, bei seinen Schwestern zum Beispiel, mit denen er darüber korrespondiert. Er weiß nicht, ob es gute Bücher sind, die er liest. Er hat die schöne Fähigkeit, sie so zu lesen, daß sie beim Lesen gut *werden*. Er lebt von den Abfällen, die ihm die anderen überlassen. Aus denen er seine Geschichten fertigt. Sie müssen wohl unterwegs, zwischen den unzähligen Stühlen und Tischen, die ihn im Laufe der Zeit kennenlernen, entstehen.

Will man zu ihm, will man ihm einen Besuch abstatten, will man ihn an einem ganz bestimmten Ort, in einem ganz

Spiegelgasse, eine von Walsers mindestens 17 Zürcher Adressen

bestimmten Haus, unter dem und dem Dach aufsuchen, weil man einen Brief oder eine Postkarte mit diesem ganz bestimmten Absender von ihm erhalten hat, ist er schon wieder weiter. Manchmal rennt er den Gast, der noch gar nicht sein Gast ist und auf diese Weise auch gar nicht sein Gast sein wird, der gerade zu ihm hinaufwill und der dann vor einer verschlossenen Türe steht, nachdem er gerade noch etwas Schmales an sich vorbei und das Treppenhaus hinunter hat fliegen sehen, fast über den Haufen. Folgt man der Spur, dreht man sich auf den Absätzen um, nimmt die Verfolgung auf und rennt ihm nach, rennt man offene Türen ein, weil man für ihn natürlich zu langsam ist und weil er gerade wieder einmal frische Luft gebraucht hat. Oder eine neue Vermieterin. Dies übrigens in aller Unschuld und nur zur Ansicht und zu gelegentlichem höflichem Umgang. Oder eine noch nicht dagewesene, die schon wieder und immer schneller aufkommende Langeweile vertreibende Fensteraussicht. Erst viel später in Biel wird er eine Aussicht einmal sieben Jahre lang jeden Tag schön finden. Aber bis dahin ist es noch weit. Er nennt es Tapetenwechsel. Aber in Wahrheit ist die Tapete ja immer dieselbe.

Jahre-, jahrzehntelang geht das so. Bis in ein Alter hinein, in dem andere vor lauter Seßhaftigkeit schon gestorben sind. Er wohnt zwischen Tür und Angel. Und natürlich möbliert. Und natürlich auch nicht zur Miete, das wäre ihm viel zu verbindlich, da käme er ja, wenn's drauf ankommt, gar nicht mehr weg. Er ist, um die Lebensform zu benennen, in der er sich noch am ehesten von allen Lebensformen zu Hause fühlt, der geborene Unter-, Hinter- oder Aftermieter. Am Ende wird sein stetig unsteter Lebenslauf gegen fünfzig Adressen aufweisen. Bevor er sich drastisch verlangsamt. Fast scheint sich der, der ihn läuft, einen Spaß draus zu machen, daß ihn die, die ihn suchen, nicht finden. Aber sucht ihn denn jemand?

**Spiegelgasse,
Richtung Niederdorf**

Er wohnt zwischen Tür und Angel

Sehr früh schon fing er dieses sonderbare Treiben an, daß er auf die Seite ging und ein so ausdrückliches Gefallen am Alleinsein fand. (Oskar, 1914)

Eines Tages floh er aus fester, wenn auch geringer Lebensstellung fort, um sich dem Dichten und seinen natürlichen Folgen gänzlich hinzugeben. Was er tat, war kühn, wenn nicht tollkühn. Eine abenteuerliche, verwegene, in gewissem Sinne lebensgefährliche Handlung wurde hier vollzogen. Ob er verrückt geworden sei? fragte sich der bisherige Bankkommis. Reue, Gewissensbisse stürmten auf ihn ein. Schüchtern genug betrat er die dunkle, krumme, wenig Gutes, dagegen viel Schlimmes versprechende, mattbeleuchtete, zweifelerregende, spärlich mit Vagantenvolk bevölkerte Künstler- und Zigeunergasse, die in das Gebiet freien Schriftsteller- oder unabhängigen Dichtertumes führte. (Zwei Männer, 1918)

Ich schlug soeben ein neues Zelt auf. Im Völkerkundemuseum in Berlin studierte ich seinerzeit die Indianerabteilung, worin sich farbenfeine, spitzdachige Wohnungen befanden. Auch altmexikanische Kunst war in der Nachmittagsdämmerung vertreten. Indem ich zu meinem Bedauern fand, daß meine bisherige Mansarde zwar recht nett, aber auch recht eng sei, erlaubte ich mir, ordnungsmäßig aufzukünden. Diverse meiner Mitmenschen unternehmen weite Reisen, per Eisenbahn und zu Schiff, und können hiebei natürlich stattliche Bekanntschaften machen und zu allerlei nützlichen Weltanschauungen kommen. Ich begnüge mich, innerhalb der Grenzen

unserer Stadt zu nomadisieren, eine Wanderart, die mir überaus bekömmlich zu sein scheint, denn ich sehe, wie ich sagen kann, verhältnismäßig gesund aus, d. h. es scheint mir, daß ich blühe. Demnach gedeihe ich also sozusagen getreidehaft. Es gibt hier Leute, die sich beklagen, sie imponierten mir nicht, aber du liebe Zeit, man kann sich unmöglich in einem fort beimponieren lassen, das würde ja eintönig werden. Ich liebe Abwechslung im Wohnen sowohl wie speziell auch im Essen sehr. (Wohnungswechsel, 1926)

... und ist es denn nicht eine Unumstößlichkeit, daß ich zeitweise in der Stadt, die mich beherbergt, nach Lust und Belieben herumzigeunerte, d. h. aus einer Wohnung in die nächstbeste andere wanderte, und daß man mich überall beinahe geradezu mit Freuden aufnahm, was ich mir natürlich nicht ungern habe gefallen lassen. Ich darf vielleicht glauben, mir wäre, was Domizilwechsel betrifft, eine verhältnismäßig stattliche Leistungsfähigkeit zu statuieren geglückt. (Klassischer Brief, 1927)

Im Gefühl, daß er jung und kräftig sei, verzichtete er auf ausdauerliches Sitzen gern, war vielmehr lebhaft für Abwechslung besorgt, indem er jeweilen munter wieder fortlief. Für Ansässigkeit besaß er herzlich wenig Verständnis; lebte bald im Dorf, bald in der Großstadt, mithin in allerhand Verhältnissen, an denen er sich tüchtig abrieb, was ihm gut zu tun schien. (Ein Dichter I, 1919)

Der Geist bedeutete ihm alles, die Existenz nichts mehr. Laut lachen, hell aufjauchzen, vor Freude hin und her rennen hätte er plötzlich mögen. Wie heiß, wie innig liebte er das in die Schanze geschlagene, auf die Waagschale geworfene Leben. (Zwei Männer, 1918)

Kein Mensch wußte, wo ich war, aber es brauchte es auch kein Mensch zu wissen. Kein Mensch kam zu mir, aber auch ich ging zu keinem Menschen. Nur einmal klopfte es eines Abends plötzlich an meiner Türe. Ich dachte zuerst eine kleine Weile darüber nach, wer das wohl sein könne, und dann rief ich »Herein!«, worauf groß und schlank Herr Doktor Franz Blei hereintrat.
»Also hier sitzen Sie, und auf solche Art und Weise verbringen Sie Ihre Jugend«, sagte er mit merkwürdig dunkler Stimme und verschwand wieder.
Es war nämlich gar nicht er selber sondern ein Spuk ... (Doktor Franz Blei, 1917)

»Welch ein schönes Zimmer«, rief Simon, der wirklich überrascht war, »viel zu schön für mich, leider, viel zu fein für mich. Sie müssen wissen, ich bin ein so wenig für ein so feines Zimmer geeigneter Mensch. Und doch, ich würde sehr gerne darin wohnen, allzugerne, viel, vielzugerne. Es ist eigentlich von Ihnen nicht gut getan gewesen, mir dieses Gemach zu zeigen. Viel besser, Sie würden mich zu Ihrem Hause hinausgewiesen haben. Wie komme ich dazu, meine Blicke in einen so heiteren, schönen, wie als Wohnung für einen Gott geschaffenen Raum zu werfen. Welch schöne Wohnungen bewoh-

Vorhergehende Doppelseite: Zürich um 1905, vom Hotel Bellevue aus gesehen, mit den Kirchen Fraumünster, St. Peter, Wasserkirche und Großmünster (von li. nach re.)

nen doch die Wohlhabenden, die, die etwas besitzen. Ich habe nie etwas besessen, bin nie etwas gewesen, und werde trotz den Hoffnungen meiner Eltern nie etwas sein. Welch schöne Aussicht aus den Fenstern, und so hübsche, glänzende Möbel, und so reizende Vorhänge, die dem Zimmer etwas Mädchenhaftes geben. Ich würde hier vielleicht ein guter, zarter Mensch werden, wenn es wahr ist, wie man sagen hört, daß Umgebungen den Menschen verändern können. Darf ich es noch ein wenig anschauen, hier noch eine Minute stehen bleiben?« (Geschwister Tanner, 1907)

So kläglich auch meine jetzige Lage sein mag in dieser Spiegelgasse, so seltsam frei und mutig komme ich mir vor, so leicht und erfinderisch in wohltuenden Gedanken ist mein Herz. Nur ab und zu, um es offen herauszusagen, bin ich traurig und hoffnungslos, denke an meine Zukunft als wie an etwas Verlorenes und Düsteres, aber das sind Augenblicke, weiter nichts. (Brief von Simon Tanner, 1911)

Inzwischen war aber auch vorhinbeschriebener unscheinbarer Kommis etwas wie Schriftsteller geworden. Mit lumpigen hundert Franken in der Tasche, die sein gesamtes Vermögen ausmachten, hatte derselbe die Keckheit gehabt, in die Hauptstadt zu reisen, wo er sich in einer stillen Stube, nachdem er durch viele lächerliche wilde Erlebnisse hindurchgelaufen war, an den Schreibtisch warf und ein Buch schrieb, das ziemlich viel Aufsehen erregte. (Zwei Männer, 1918)

Wo ich als Dichter begann, fing ich auch als Mensch an und war wie neugeboren. Täglich war die Welt neu, als sei sie über Nacht gestorben und erwache frühmorgens aus dem Tode. (Die Gedichte II, 1919)

Uns kommt vor, daß in diesem Poetenleben ein ungewöhnlich häufiger Stellen- sowohl wie Ortswechsel stattgefunden habe; wir wollen aber gerne bekennen, daß wir dies einigermaßen begreifen, und zwar deshalb, weil wir notwendigerweise einsehen und zugeben müssen, daß eine junge Seele, die sich berufen fühlt, zu dichten, der Freiheit und der Beweglichkeit bedarf. (Poetenleben, 1916)

Fast mache ich mir einen Vorwurf, daß ich solch ein Schlenderer, Herumfeger und Spaziergänger bin, aber es ist hier eine so schöne Gegend, ein so heiteres, gut aufgeräumtes und ich möchte sagen gesprächiges Land. (An den Bruder, 1914)

Hast du wirklich nicht mehr Sachen, als da in diesen kleinen Koffer hineingehen? Du bist wirklich arm. Ein Reisekoffer ist das ganze Haus, das du in der Welt bewohnst. Das hat etwas Hinreißendes, aber auch etwas Erbärmliches. (Geschwister Tanner, 1907)

Daß er nie zur Sicherung oder Versicherung seiner selbst gelangt, scheint sein Los. Es ist dies weder ein sehr trübes, noch ein sehr leichtes Los. Es brennt, es ist das Los der immerwährenden Spannung. Da soll er fassen und fürchtet sich davor; da unterliegt er und ist beinahe froh darüber; da erschlafft und ermüdet er und greift zu-

**Zürich, Trittligasse, rechts Nr. 6,
Walsers Wohnort
ab Ende Januar 1904**

Zürich,
Froschaugasse 18.
Hier wohnte
Robert Walser im
Januar 1904

Oben: Zeltweg in Hottingen, eine frühe Adresse Walsers in Zürich

Unten: Walsers in Zürich entstandenes erstes Buch, erschienen 1904

Inhalt des Buches:
Fritz Kocher's Aufsätze: Der Commis
Der Maler: Der Wald
Elf Zeichnungen
von Karl Walser.

Fritz Kocher's
Aufsätze
Mitgeteilt von
Robert Walser

INSEL VERLAG
LEIPZIG

gleich einen ganz neuen, nie vorher geahnten Besitz an. Ein seltsamer, fast gespenstischer Geist beherrscht ihn. Verloren in den Abgründen der Mutlosigkeit gewinnt er oft das Beste: sich selbst; und vertieft in große Gedanken verliert er sich wie Spreu in den Wind geworfen. Vertraulich sein kann er nicht, Mensch sein darf er nicht. Er kann und darf beides, aber … es ist immer eine Frage da, ein Gedanke, ein Geist, ein Fortlaufendes, und es bricht immer in ihm, es tönt, und er bildet sich ein, immer bildet er sich ein, treulos zu sein an einem schönen, unbezwinglichen, gräßlichen Etwas, das da ist und nie da ist, das nie da ist, weil es selbst ist, weil er das selbst ist, was da ist und immer fortgeht. (Über den Charakter des Künstlers, 1911)

Ich sende jeweilen die Seele voraus und gehe hinter ihr her, kenne auf diese Art meine Straße genau, weiß, wer ich bin und was ich soll, und wenn es Dinge gibt, worüber man lachen kann, oder irgendwo ein Hohes vorhanden sein könnte, das jedermanns tröstlicher Freund ist, so freue ich mich und bin glücklich, und Sonstiges brauche ich nicht. (Zwei Männer, 1918)

Bleibe ich, so geht's mir gut; wenn ich aber gehe, denkt man an mich. Wollen nun nicht auch Sie durch Entfernung wertvoll, durch Abwesenheit kostbar werden und ein bißchen reisen? (Reisen, 1931)

Man ist dort, wo man sich aufhält, klein. Nur, wo man uns entbehrt, können wir viel bedeuten. Aber ist das Glück nicht größer als die Größe? (Fragment, 1929)

Nein, nein, ..., wegen dir wird niemand weinen. Wenn du fort bist, bist du fort. Das ist alles. Glaubst du, um dich könnte man weinen? Keine Rede. Das darf dir nie in den Sinn kommen. Man spürt, daß du fort bist, man merkt es sich, aber weiter? Etwa Sehnsucht, oder dergleichen? Nach einem Menschen von deinem Schlag empfindet niemand Sehnsucht. Du weckst keine. Kein Herz wird dir je nachzittern! Dir einen Gedanken weihen? I, was! Ja, nachlässig, so wie man eine Nadel aus der Hand fallen läßt, wird man gelegentlich deiner gedenken. Mehr verdienst du auch nicht, und wenn du hundert Jahre alt würdest. Du hast nicht das mindeste Talent, Andenken zu hinterlassen. (Geschwister Tanner, 1907)

Auf der Suche nach einem verlorenen Sohn VI

Schnee

Es schneit, es schneit, bedeckt die Erde
mit weißer Beschwerde, so weit, so weit.

Es taumelt so weh, hinunter vom Himmel,
das Flockengewimmel, der Schnee, der Schnee.

Das gibt dir, ach, eine Ruh, eine Weite,
die weißverschneite Welt macht mich schwach.

So daß erst klein, dann groß mein Sehnen
sich drängt zu Tränen, in mich hinein.

17

Er ist nicht nur ein Stadtnomade, auch über Land wandert er gern und lang. Unwahrscheinliche Strecken legt er in der kürzesten Zeit zurück. Tags oder nachts, das ist ihm egal. Schuhwerk und Socken, die unterwegs schlappmachen, weil das Material zu sehr strapaziert wird, werden sozusagen fliegend ersetzt. Als ob es nichts wäre, geht er zu Fuß von München nach Würzburg. An einem Tag. Was eigentlich gar nicht möglich ist. Oder in zwei Tagen von Bern über Fribourg und Lausanne nach Genf. Was zumindest verrückt scheint. Oder von Mitternacht zu Mitternacht von Bern auf den Niesen und wieder zurück. Oder nach Sumiswald und Huttwil und Burgdorf und Büren. Oder von Biel aus erwandert er sich in immer weiter gezogenen Kreisen das Seeland zwischen Bieler-, Murten- und Thunersee. Friedliche Gewaltmärsche bringen ihn in die Taubenlochschlucht, auf den Pierre Pertuis oder nach Magglingen. Manchmal bis ans Ende der Welt. Das ist ein Aussichtspunkt auf einer Anhöhe des Jura, von dem aus man, wie anders nicht zu erwarten, den Horizont sieht. Er ist ein großer, wenn nicht ein leidenschaftlicher Spaziergänger vor seinem Herrn. Ob es sein Herr ist, weiß er allerdings nicht. Ihm scheint, für einen Herrn kümmere der sich zuwenig um seinen Diener. So kümmert er sich auch wenig um ihn.

Manchmal verliebt er sich. Zum Beispiel in eine Saal- oder Serviertochter, die ihn beim Einkehren mit einem Glas Rotwein verwöhnt. Oder auch mit etwas Nahrhaftem, einem Restaurationsbrot zum Beispiel, einer Wurst, einer Rösti. Oder mit einem guten Wort nebst einem Lächeln, von dem er gar nicht recht weiß, womit er es schon verdient hat oder noch etwa verdienen kann. Vielleicht ist die Musik, die in dem fraglichen Lokal gerade zu hören ist, einer zärtlichen Regung oder auch nur einer romantischen Anwandlung günstig. Denn die Musik ist eine gewaltige Macht. Jedenfalls sagt ihm aber die Serviererin auch, als er ein Messer, das sie direkt vor seine Füße zu Boden hat fallen lassen, vom Boden eichhörnchenhaft aufhebt: Wie sind Sie nett. Das ist allerhand für einen, der immer allein ist.

Aus *Gedichte*. Radierung von Karl Walser

Aber statt daß er ihr nun von der Unruhe, die ihn bei all dem erfaßt, etwas sagt, geht er weit von ihr weg, um ihr zu schreiben. Um sie in Versen anzuhimmeln und in Prosa zu verspotten. Leise, gleich einer Geige, will er ihr Holdsein umspielen. Furchtbar gewundene Sätze schreibt er, die sich bei genauerem Hinsehen in den eigenen Schwanz beißen. Die Natur, in die er hinausgeht, weil es ihm drinnen zu warm wird, soll für ihn sprechen. Den Mond zwängt er in ein Gedicht und in ein anderes die Sterne und in ein drittes die Sonne und den Wald und die Felder. Nicht zu vergessen die einzelnen Bäume und Halme und Blumen. Die ganze Landschaft. Sich selber mitten darunter. So daß er sich in diesem Dickicht fast selbst nicht mehr findet. Manchmal läßt er es regnen. Oder es ist Oktober oder November, und der Nebel verhüllt, was etwa doch von ihm sichtbar geworden wäre. Oder der Schnee fällt in sein Gedicht und deckt alles zu, mit seinem sanften, barmherzigen Fall, was vielleicht aufgedeckt war und nackt und ungeschützt unter dem Himmel lag.

Aber als er eines Tages aus der Natur in die Gaststube zurückkehrt, mit vollem Herzen und vollem Notizblock, um das sie verewigende Werk der Angebeteten ans Herz oder zu Füßen zu legen, da sind diese kleinen, unruhigen Füße, die *ihn* so unruhig gemacht haben, inzwischen gar nicht mehr da, sondern weitergezogen, an einen anderen, ferneren Ort, in eine andere Stube, um einen anderen Dienst zu versehen. Und ihre Besitzerin wird auch nicht weit von ihnen entfernt sein. So daß es wieder nichts ist. So daß seine Liebe wieder nicht entdeckt werden kann. So daß er wieder sein einziger Freund bleibt. Nachlaufen mag er ihr nicht. Dem Schönen kann man nicht nachlaufen. Es muß mit einem gehen wie die Mutter mit ihrem Kind.

Statt dessen schreibt er dann für den Rest des Lebens, der noch sehr lang ist, Briefe an seine Frau Mermet, die natürlich nicht seine Frau ist, sondern eine Freundin der Schwester, die ihm ab und zu Socken schickt oder Nastücher oder Hemdkragen, die ihm freilich zu weit sind. Manchmal gelingt es ihr auch, in der Anstalt, in der sie als Haushälterin arbeitet, ein Stück Butter oder Käse oder Wurst für ihn abzuzweigen. Er hat ja nicht viel. Seine chronische Freiberuflichkeit macht ihn nicht fett. Mit einer schon fast ans Gemeingefährliche grenzenden Höflichkeit dankt er ihr eins ums andere Mal. Angelegentlich fragt er nach ihrem zuerst kleinen, dann herangewachsenen, zuletzt natürlich erwachsenen Sohn aus geschiedener Ehe, dessen Vorankommen ihm doch etwas übertrieben am Herzen liegt. Nach ihrem eigenen werten Befinden erkundigt er sich. Es scheint, sie haben sich nicht viel zu sagen.

Die Schuhe will er ihr anziehen. Oder wenigstens schnüren. Oder wenigstens putzen. Ihre Magd möchte er sein. Oder ihr Hund oder ihr Kleid. Er kann sich nichts Schöneres vorstellen, als mit ihr in der Küche zu stehen und Geschirr abzuwaschen. Die Spaziergänge, die er mit ihr gemacht hat, möchte er wieder machen, weil er die Gegend dort angenehm findet. Hübsch denkt er es sich auch, wieder einmal mit ihr das Flohspiel zu spielen. Die Hemdbrust, die sie ihm schenkt und in die er sich einschmiegt, ist ihm Brust genug.

Kann man sich kleiner machen? Oder mit wem treibt er da seinen Spott, mit ihr oder mit sich? Und auf wessen Kosten?

Tausendmal ist es derselbe Brief. Liebe Frau Mermet, liebe Madame Mermet, liebe Frau Mermet. Statt Madame nennt er sie manchmal Mama. Ihr Kind möchte er sein. Von dieser Frau eine Ohrfeige zu bekommen ist sein intimster Wunsch. Und was dergleichen höherer Grobheiten gegen das andere Geschlecht mehr sind. Was soll er anderes tun, als seine Gefühle wie Fische im Netz der Sprache zappeln und schließlich sterben zu lassen. Den passenden Anlaß für ihre Hingabe hat er ja nicht gefunden.

Karl Walser, *Bildnis des Bruders*, 1900

Dem Schönen kann man nicht nachlaufen

Ferner wurde ein auf moosgeschmücktem Felsblock sitzender Dichter in Phantasiekleidung gemalt. Rings herum liegt grüner Wald. Auf säuberlichem Wege geht ein Liebespaar sachte in die abwärts führende, allmähliche Entfernung. (Leben eines Malers, 1916)

Frauen stellte ich unglaublich hoch. Daneben liebte ich von ganzer Seele den Winter. (Aus meiner Jugend, 1919)

Im Sommer schrieb ich nie ein Gedicht. Das Blühen und Prangen war mir zu sinnlich. Ich war traurig im Sommer. Mit dem Herbst kam eine Melodie über die Welt. Ich war in den Nebel, in die früh schon beginnende Dunkelheit, in die Kälte verliebt. Den Schnee fand ich göttlich, aber vielleicht noch schöner und göttlicher kamen mir die dunklen, wilden, warmen Stürme des Vorfrühlings vor. (Die Gedichte I, 1912)

Vertreten waren alle vier Jahreszeiten. Landschaft war genügend vorhanden. Öfters ließ ich es regnen; mit Sonnenschein wurde keineswegs gegeizt. Hie und da sorgte ich für Schnee und hernach für Frühlingswetter. (Der Buchdeckel, 1920)

Ich saß in einem abgelegenen kleinen Zimmer, schrieb Gedichte und träumte von einem ruhmvollen großen Leben, von Frauenliebe und allen schönen großen Dingen. Des Nachts schlief ich nie, aber über die Schlaflosigkeit freute ich mich. Immer wach und voll Gedanken war ich. Die Natur, die versteckten Wege, die durch Wiesen und Wälder führten, bezauberten mich. Ich phantasierte und träumte tagelang; trotzdem wußte ich eigentlich nie, nach was ich mich sehnte. Ich wußte es und wußte es wieder nicht. Aber mein unbestimmtes Sehnen liebte ich leidenschaftlich und hätte es um keinen Preis verschwinden sehen mögen. (Tobold II, 1917)

Wie war der Mond auf dieser Wanderung schön, und wie blitzten und liebäugelten die guten, zarten Sterne aus dem hohen Himmel auf den stürmischen ungeduldigen Fußgänger herab, der da fleißig weiter und weiter marschierte. War er ein Dichter, der da von dem leuchtenden Tag in den sanften blassen Abend hineinlief? Wie? Oder war es ein Vagabund? Oder war er beides? Gleichviel, gleichviel: Glücklich war er und bestürmt von beunruhigendem Sehnen. Das Sehnen und Suchen, das Niebefriedigtsein und der Durst nach Schönheit trieben ihn vorwärts, und hinter, weit hinter ihm schlummerten die bilderreichen Erinnerungen. (Fußwanderung, 1913)

In einem stillen Tannenwald glaubte ich mit hartem, strengem Laufen ein wenig innehalten zu dürfen. Hoch oben in den Ästen brauste der Wind. Das war für den jugendlichen Wanderer und anlaufenden Literaten Musik. Ich zog Bleistift und Notizbuch aus der Tasche und schrieb stehend und auf das Theater der Natur horchend einige gute oder schlechte, glückliche und gelungene oder verunglückte und verfehlte Verse. Alsdann lief ich keck und fröhlich weiter. (Widmann, 1916)

Auf weitschweifigem Spaziergang fallen mir tausend brauchbare Gedanken ein, während ich zu Hause eingeschlossen jämmerlich verdorren, vertrock-

nen würde. Spazieren ist für mich nicht nur gesund, sondern auch dienlich, und nicht nur schön, sondern auch nützlich. Ein Spaziergang fördert mich beruflich, macht mir aber zugleich auch persönlich Spaß; er tröstet, freut, erquickt mich, ist mir ein Genuß, hat aber zugleich die Eigenschaft, daß er mich spornt und zu fernerem Schaffen reizt, indem er mir zahlreiche mehr oder minder bedeutende Gegenständlichkeiten darbietet, die ich später zu Hause eifrig bearbeiten kann. (Der Spaziergang, 1917)

Leuten, die in sausendem Automobil sitzen, zeige ich stets ein hartes Gesicht. Sie denken dann, daß ich ein von hoher Obrigkeit beauftragter scharfer, bösartiger Aufpasser und Polizist in Zivil sei, der aufs Fahren aufpaßt, sich die Nummer des Fahrzeuges merkt, um selbige später gegebenen Ortes zu hinterbringen. Finster schaue ich auf die Räder, auf das Ganze, nie jedoch auf die Insassen, die ich, zwar keineswegs persönlich, aber rein grundsätzlich verachte, da ich nimmermehr begreife, wie man es ein Vergnügen nennen kann, so an allen Gebilden, Gegenständen, die unsere schöne Erde aufweist, vorüberzurasen, als sei man toll geworden und müsse rennen, um nicht zu verzweifeln. (Der Spaziergang, 1917)

Der Gedanke, daß alles Schöne und Gute schwierig sei, flößte ihm Trost ein. In der Nähe zitterte ein Blatt im Wind. Er nahm es in sein Gedicht auf; ebenso einen strubligen Baum; ebenso ein Häufchen Schnee, das in einem Graben lag, und ebenso sich selbst, der auch eines Tages am Boden lag, wie das Blatt und das bißchen Schnee. (Das erste Gedicht, 1919)

Ihm war der Mond wie ein kleines, phantasiebegabtes liebes Mädchen, dessen süße Erscheinung er anbetete. Er betete überhaupt die meiste Zeit irgend etwas Beliebiges, Gedankliches oder Körperliches treuherzig an. (Zwei Männer, 1918)

Dem ärmlichen Luftibus kam die Welt so schön, so gütig vor. Gewiß gab es eine urewige, unversiegbare Güte. Erde, Luft, Häuser, Wälder, Wiesen und blauer Himmel waren für des jungen Mannes Augen ein paradiesisches Gemälde. Zu vornehmen Leuten staunte er mit der Einfalt eines Kindes hinauf; jede beliebige Frau verehrte er heiß vom ersten Moment an, vergaß jedoch wieder, was er angebetet hatte, da doch immer neues Liebes, göttlich Schönes auf den vielen seltsamen figurenreichen Wegen daherkam. (Zwei Männer, 1918)

Die Frau, dachte Simon, wie verherrlicht sie das Bild der städtischen Straße. Sie ist wie geschaffen zum Promenieren. Man fühlt, sie promeniert, sie genießt ihr eigenes, wiegendes, schönes Gehen. Am Abend geben die Frauen den Ton des Abends an, dazu passen ihre Figuren mit diesen Armen voll Wehmut und Fülle und diesen Brüsten voll atmender Beweglichkeit. Ihre Hände in Handschuhen sehen wie Kinder in Masken aus, mit denen sie winken, in denen sie immer etwas halten. Ihre ganze Haltung setzt die abendliche Welt in tönende Musik um. Wenn man jetzt, so wie ich es tue, hinter ihnen hergeht, so gehört man schon zu ihnen, in Gedanken, in fühlenden Schwan-

kungen, in schlagenden Wellen, die an das Herz schlagen. (Geschwister Tanner, 1907)

»Warum muß sie davongehen?« sagte ich mir. Ich schaute ihr nach, bis sie im zunehmenden Abenddunkel verschwand und wie ein süßer, übersüßer Duft verduftete. Da träumte ich vor mich hin, es sei mir ein großes, frauenförmiges Veilchen begegnet mit braunen Augen, und das Veilchen sei nun verschwunden. Die Laternen indessen waren schon angezündet und strahlten rötlich-gelb in den blassen Abend. Ich ging in mein Zimmer, zündete die Lampe an, setzte mich an meinen altertümlichen Schreibtisch und versank in Gedanken. (Das Veilchen, 1914)

Hübscher Frauen Hände ähneln mitunter unschuldig-schönen Tauben, die ihre Flügel artig und sanft dem Körper anschmiegen, als wenn sie verstecken wollten, womit sie fähig sind, fortzufliegen. (Hier wird geplaudert, verm. 1930)

Lächelte sie, so war's, als wenn rings Musik klinge, und zwar Musik von allerbester Sorte, nicht Klavier, nicht Geige, nein, etwas ganz anderes, etwas, das sich gar nicht sagen läßt. (Ein Poet, 1920)

Ich liebte dieses schöne junge Mädchen, das bereits zur Fettleibigkeit zu neigen schien, infolge der Musik, die ich täglich dort im Café hörte. Die Macht der Musik ist ja groß, mitunter gewaltig. Auf einmal war alles verändert, ich lernte eine sogenannte Saaltochter, d. h. Kellnerin kennen, und von da existierte die erste teils nur noch

**Vorhergehende Seite:
Wollishofen am Zürichsee**

Frieda Mermet

Gedichte

von

Robert Walser

Mit Radierungen von Karl Walser

Bruno Cassirer
Berlin

Erstausgabe, 1909

halb, teils überhaupt nicht mehr für mich. Lieben und was man Schwärmen nennt, sind ganz, ganz verschiedene Zustände, verschiedene Welten. Ich ging dann sehr häufig zur Natur, d. h. in die Landschaft, ich fand recht viel Einfälle, Ideen, die ich bearbeitete. Indes ich das tat, ging sie aus dem Saale, worin sie diente, fort, und seitdem sah ich sie nicht mehr. Ich dichtete sie alsdann an in Gedichten … (An Resy Breitbach, 1925)

Die nicht sonderlich Hübsche, mit der ich sprach, erhielt vor einigen Jahren, als ich mich noch in keiner Art und Weise mit Europapflichten und dergleichen beschäftigte, in einem Lokälchen voll bunt durcheinander gewürfelter Menschen vom Verfasser vorliegenden Alltagsvertiefungsversuches einen freilich gleichsam nur flüchtig und leichtsinnig angebrachten Heiratsantrag, den sie dadurch glatt ablehnen zu sollen geglaubt hatte, daß sie über mein immerhin freundliches Anerbieten laut lachte, was einen Klang hervorrief, den sich mein Gedächtnis anstandshalber einprägte. (Der Heiratsantrag, 1928)

Geehrtes, nettes, edles Fräulein, wie gern möchte ich Sie mit mehr Beiwörtern schmücken, Sie haben das aber gewiß nicht nötig. Außerdem können Sie glauben, ich spaße bloß, doch meine ich's ernst, obwohl ich vielleicht oft ein bißchen tändle. (Brief, 1921)

Ich schreibe an Sie, weil Sie eine schöne und liebe Frau sind, weil ich jemanden im Sinne tragen muß, um lebhaft und aufrichtig schreiben zu können, weil ich auf Erden immer das Nächste liebgehabt habe, und weil Sie mir die

Nächste sind ... (Brief von Simon Tanner, 1911)

Ich kenne eine bedeutende Angedichtete, die nicht dichtet, aber ein Gedicht ist, was für einen Dichter viel bedeutet. Ist man frech zu ihr, so hat sie bloß ein herrliches Verwundern. Ich habe sie schon ein paar Mal besungen, doch einstweilen ungenügend. (Die Einzige, verm. 1924/25)

Der Dritte hat auf offener Straße eine unglaublich schöne Frau durchaus nicht etwa nur in trockener Prosa, sondern in heißen und nassen Versen angehimmelt. Leider hat aber das kecke Unternehmen scheitern müssen, indem die Anfrage, ob sie einen Pagen brauchen könnte, eine kalte und glatte Absage erfahren hat, was natürlich ungemein blamabel gewesen ist, will sagen lachhaft. (Die Knaben, 1918)

Ich bin zum Geschenk geboren, ich gehörte immer jemandem an, es verdroß mich, wenn ich einen Tag lang umherirrte und niemanden fand, dem ich mich anbieten konnte. (Geschwister Tanner, 1907)

Sein in gewisser Hinsicht vielleicht ein wenig bedenkenerweckendes Lieben wurde mit dem über die Abhänge seiner Existenz herabrollenden Goldkugelhaften seines nicht uneigentümlichen Wesens gern entschuldigt. (Herbst II, 1927)

Der Unheimliche gehört zu den kontinuierlichen Jünglingsnaturen, die eines Vormittags um neun Uhr in einer Küche ein Kaffeelöffelchen mit unzweifelhaftem Entzücken an den Mund drücken, das eine Frau von vielleicht vierzig Jahren zu Frühstückszwecken in Gebrauch gehabt hatte. Gibt es nicht ebenso geringfügige wie süße Sünden? (Der verlorene Sohn, 1928)

Therese Breitbach (geb. 1908), mit der Robert Walser ab 1925 mehrere Jahre korrespondierte, die er jedoch nie kennengelernt hat

Ich erlebte bisher sehr wenig. Eines der wenigen Liebesabenteuer, das durch meine kolossale Wenigkeit erlebt worden ist, bestand während einer Schnellzugsfahrt darin, daß ich vor einer außerordentlich feinausgeglichenen Üppigkeit in Gestalt einer reizenden Reisenden hinkniete. Ein anderes Mal betete ich, auf einer grasgrün angestrichenen Gartenbank sitzend, mit einer mich in Erstaunen setzenden Schnelligkeit eine zufällig Vorüberspazierende an. (Der verlorene Sohn, 1928)

Nach solcher Handlungsweise käme es mir nicht darauf an, heimlich, wenn sie es nicht sähe, vor ihrem Bette hinzuknieen und die Abwesende mit heißem Herzen anzubeten. Ich würde mich vielleicht sogar dazu versteigen, ihren Schuh, der doch mit Wichse bedeckt wäre, an meinen Mund zu pressen; denn der Gegenstand, in den sie ihre kleinen weißen Füße steckte, würde für das Gefühl der Anbetung vollkommen genügen, zum Beten braucht es ja nicht viel. (Geschwister Tanner, 1907)

O, welche Weltfreude sich in mir manifestierte, mir das gleichsam hellblaue Rot ihrer Wangen und ihres Busens Nieerblicktheit vorstellend, dessen kindliche Mütterlichkeiten mich umdufteten! (Ich stand vor ihrem Dorf, 1928/29)

Erstausgabe, 1925. Umschlagzeichnung von Karl Walser

Gewiß, liebe Frau Mermet , schätze ich eine Mama, wie z. B. Sie mir eine sind, sehr hoch ein, Sie dürften das ja zur Genüge wissen. Aber da sind noch viele andere, oder sagen wir, eine ganze stattliche Reihe von Mama's, und wollte ich da einseitig sein, und immer nur an eine einzige Mama denken, so nähmten mir das alle übrigen übel. Man ist gerade in dieser Hinsicht zu unglaublich viel Vorsichtigkeit genötigt, ich halte es für meine schönste Pflicht, womöglichst allen meinen so lieben und schönen und zarten Mama's auf's Lebhafteste gerecht zu bleiben. (An Frieda Mermet, 1925)

Wissen Sie, liebe Frau Mermet, was ich mir wünsche? Sie seien eine vornehme schöne Madame und ich dürfte dann Ihre Magd sein und eine Mädchenschürze umhaben und Sie bedienen, und wenn Sie nicht zufrieden wären, ich irgendwie Ihren Unmut hervorgerufen hätte, so würden Sie mir Kläpfe geben, nicht wahr, und ich würde über die lieben Kläpfe hellauflachen. Das wäre ein hübscheres Leben für mich als die Schriftstellerei, die ja freilich auch nicht übel ist. (An Frieda Mermet, 1918)

Ohne daß es einer Seele gelang, Kenntnis hievon zu nehmen, war Kasimir ein Mädel. Nichtsdestoweniger besaß er einen ziemlich harten Schädel. Und doch, wie zart war er dabei. Härte und Zärte bildeten scheinbar in ihm eine Vereinigung, die niemand auseinanderzunehmen vermochte. (Kasimirs Lebenslauf, 1931)

Wenn die wüßte, die neben mir sitzt, was ich schreibe! Einer meiner bren-

Oben: Fanny Walser

Unten: Lisa Walser

Rechte Seite:
Brief vom 11. April 1904 an die Schwester Fanny

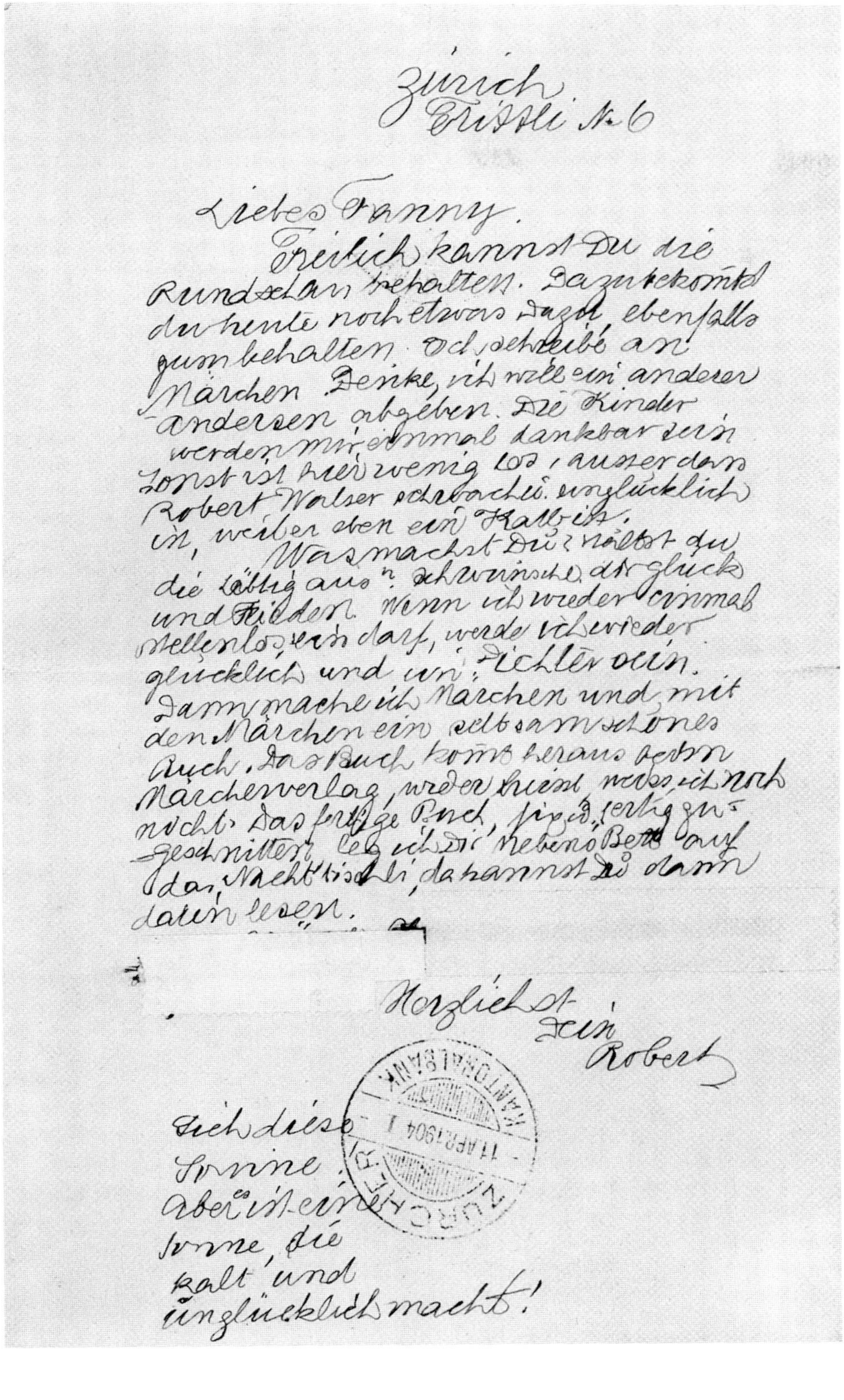

Zürich
Trittli No. 6

Liebes Fanny.
Freilich kannst Du die Rundschau behalten. Dazu bekommst du heute noch etwas dazu, ebenfalls zum behalten. Ich schreibe an Märchen. Denke, ich will ein anderer Andersen abgeben. Die Kinder werden mir einmal dankbar sein. Sonst ist hier wenig los, ausser dass Robert Walser schwächlich unglücklich ist, weiter eben ein [illegible].
Was machst Du? hältst du die [illegible] aus? Ich wünsche dir Glück und Frieden. Wenn ich wieder einmal stellenlos sein darf, werde ich wieder glücklich und ein Dichter sein. Dann mache ich Märchen und mit den Märchen ein seltsam schönes Buch. Das Buch kommt heraus bei [illegible] Märchenverlag, wie er heisst, weiss ich noch nicht. Das fertige Buch, fix u. fertig zugeschnitten, leg ich dir neben's Bett auf das Nachttischli, da kannst du dann darin lesen.

Herzlichst
Dein
Robert

Sieh diese Sonne, aber es ist eine Sonne, die kalt und unglücklich macht!

nendsten Wünsche ist, so bald wie möglich von ihr eine Ohrfeige zu erhalten, aber ich muß leider zu meinem Schmerz daran zweifeln, daß sie dazu imstande ist. Eine klatschende Ohrfeige ins Gesicht: ich möchte alle Küsse, die ich noch erwarten darf, dafür weggeben. Dieses mit der Ohrfeige ist nun eigentlich eine abscheuliche, aber dafür eine echt bourgeoise Empfindung; sie lenkt in die Kindheit zurück, und wann hätte man nicht öfters Sehnsucht nach dem Weit-Zurückliegenden? (Geschwister Tanner, 1907)

Nur Frauen verstehen zu zürnen. Doch still. Ich denke an Mama. Wie heilig ist mir das Andenken an die Augenblicke, wo sie zürnte. (Jakob von Gunten, 1909)

Ich wurde geboren, um ohne Not zu sein, und da ich der Mädchen nicht bedurfte, dachte ich nach, wie's mir möglich wäre, mich trotzdem mit ihnen abzugeben. (Gespräche, 1924)

Sie hatten mich lieb, ich sie auch, aber es fiel mir nie ein, sie möchten geküßt sein. (Gespräche, 1924)

Es ist wahr, ich bin für kein Mädchen gefährlich. Ich gehöre mir nicht, geh' nie allein, bin gekettet und dabei zu glücklich, als daß ich Unrechtes tun könnte. Eine begleitet mich beständig, die sich nicht um mich kümmert. Was und wie sie ist, schwebt um mich. Sie spricht mit mir, bald heiter, das heißt, ich lasse sie nie anders als ernst mit mir reden. Ich habe sie so, wie ich sie mir am liebsten denke, mache mit ihrer Erscheinung, was ich will, jage sie oft weg, brauche nicht zu fürchten, ich ver-

löre sie. Wenn sie wüßte, wie lieb sie mir ist, wie ich mit ihr verfahre, würde sie unwillig, aber kann sie mir das Denken verbieten? Jeder mit ihr zusammenhängende, kleinste Gedanke stärkt mich. (Gespräche, 1924)

Was nützt es mir, böse zu sein, daß die Liebe nun da ist und nicht mir gilt? Wie kindisch. Beinahe bin ich sogar froh, daß sie nicht mich will … Ich glaube, das Leben will anderes von mir, hat anderes mit mir vor. (Geschwister Tanner, 1907)

In Sachen Liebe ist ja alle Erfolglosigkeit beinahe etwas Beglückendes. (Belgische Kunstausstellung, 1926)

Und ist nicht die beste Waffe gegen das Geliebtwerden: daß man von sich aus liebt? Besorgte ich dieses letztere bis heute nicht in einem fort? (An Frieda Mermet. Nach Robert Mächler, Das Leben Robert Walsers, ohne Datierung)

Den darf man nicht lieben, der lieben will, sonst würde man ihn nur stören in seiner Andacht. (Geschwister Tanner, 1907)

Es fragt sich in der Tat, ob Liebe und Kunst einander überhaupt zu ertragen vermögen. (Leben eines Malers, 1916)

Verheiratet ist er nicht, denn er hat nicht die Kühnheit gehabt, sich zu verlieben, weil er allen ihm zu Gebote stehenden Mut dazu hat anwenden müssen, seiner künstlerischen Pflicht gegenüber, die, wie es vielleicht bekannt ist, eine sehr harte sein kann, treu zu bleiben. (Der Schriftsteller I, 1907)

Du bist der Freund der ganzen Welt; ans Herz möchtest du ihr sinken, der wunderbaren Freundin. Umschlungen hält sie dich und du sie. Du verstehst sie, liebst sie und sie dich. (Der Berg, 1914)

Lange lag ich in undeutlichen Gedanken da, bis mir wieder das Mädchen einfiel, das so schön und jugendfrisch war, so süße, gute, reine Augen hatte. Ich stellte mir recht lebhaft vor, wie reizend ihr kindlich-hübscher Mund sei, wie hübsch ihre Wangen, und wie ihre körperliche Erscheinung mich mit ihrer melodischen Weichheit bezaubere, wie ich vor einiger Zeit sie etwas fragte, wie sie im Zweifel und Unglauben die schönen Augen niederschlug, und daran, wie sie »nein« sagte, als ich sie fragte, ob sie an meine aufrichtige Liebe, Zuneigung, Hingabe und Zärtlichkeit glaube. Die Umstände hatten ihr befohlen, zu reisen, und sie war fortgegangen. Vielleicht würde ich sie noch rechtzeitig haben überzeugen können, daß ich es gut mit ihr meine, daß ihre liebenswürdige Person mir wichtig und daß es mir aus vielen schönen Gründen daran gelegen sei, sie glücklich zu machen und damit mich selbst; aber ich gab mir weiter keine Mühe mehr, und sie ging fort. Wozu dann die Blumen? »Sammelte ich Blumen, um sie auf mein Unglück zu legen?«, fragte ich mich, und der Strauß fiel mir aus der Hand. (Der Spaziergang, 1. Fassung, 1917)

Meine Empfindungen sind Pfeilspitzen, die mich verwunden. Das Herz will verwundet und die Gedanken wollen ermüdet sein. Ich will den Mond in ein Gedicht pressen und die Sterne in eins und mich darunter mischen. Was soll ich mit den Gefühlen anfangen, als sie wie Fische im Sande der Sprache zappeln und sterben zu lassen? Ich werde mit mir zu Ende sein, sobald ich mit Dichten fertig bin, und das freut mich. (Dichter, 1900)

Auf der Suche nach einem verlorenen Sohn VII

Wie viele Schweizer, die in der Schweiz nicht geliebt werden, geht er ins Ausland. Für ihn ist das Ausland Berlin, wo sein Bruder ein erfolgreicher Bühnenbildner und Maler ist. Er bildet sich ein, Berlin müsse die Stadt sein, in der sich sein Leben entscheide. Diese große, ferne Metropole, die ihm der Inbegriff des von Schicksal pulsierenden Weltlebens ist, hat auch er dazu auserkoren, ihn steigen oder fallen, wachsen und blühen oder aber verderben zu sehen. Von der Weltstadt will er erfahren, was die Welt von ihm halte und wolle und was er seinerseits von der Welt zu halten und zu wollen habe. Vielleicht hofft er auch insgeheim, daß man ihn dort, wo er weggeht, wo er herkommt, zu Hause, vermißt?

Was treibt er hier, in der großen Welt, außer daß er dem Bruder, der schon lange hier lebt, der berühmt ist, der ihm die Wege ebnet und die Türen öffnet, der ihn überallhin, wo es etwas zu holen gibt, mitschleppt, nacheifert und nachfolgt? Vor allem, sozusagen über Nacht und aus dem Nichts heraus und ohne daß er es zuerst beweisen muß, ist er hier jemand. Zur Buntheit und Gemischtheit der Großstadtgesellschaft fügt er die eigene Gemischtheit und Buntheit, die er teils mitbringt, die ihm teils zuwächst, hinzu. Will heißen, er stürzt sich kopfüber, im Kielwasser des Bruders, ins elegante Getümmel. Macht mit dem Bruder die Kunst- und die Damenwelt, die untrennbar miteinander verbunden sind, unsicher.

Malerinnen, die von seinen Komplimenten in ihren Grundfesten erschüttert sind, besucht und ermutigt er oft und gern. Unsterblichen Schauspielerinnen, die mit noch unsterblicheren Regisseuren verheiratet sind, wird gehörig flattiert. Geradezu für seine Pflicht hält er es, reichen, schönen Frauen ein wenig den Hof zu machen. Sicher ist, daß er sich zum nächtlichen Droschkenfahren und Plaudern mit Künstler- und Kunsthändlerfrauen vorbildlich eignet. Daß geistvolle Klub- und Salonabende ihn regelmäßig zumindest auf ihrer Höhe sehen. Daß er mit Delikateßplatten meisterlich umgeht. Der Ruf eilt ihm voraus, in Deutschland den unstillbarsten Hunger zu haben. Nicht ganz von der Hand zu weisen ist auch, daß er auf

Robert Walser in Berlin, um 1905

Einladungen Schallplatten, die ihm zu laut sind, zerbricht. Daß er mit Kunstkritikern und anderen Kapazitäten wie mit seinesgleichen umgeht. Daß er an die verschiedensten Persönlichkeiten unbesehen die verschiedensten Schlötterlinge austeilt. Titel nennt man sie hier. Und daß es bei solcher Gelegenheit auch einmal zu einem ganz unpassenden Hosenlupf kommt. Er betätigt sich gern als das Enfant terrible auf dem Parkett der guten Gesellschaft. Dann wieder gefällt er nicht nur sich in der Rolle eines Galanten. Fürchterlich nett findet er sich. Fürchterlich nett und fürchterlich ungehobelt ist er zugleich. Vor einem Fräulein im Schaukelstuhl, dessen Füße er schön findet, geht er sofort in die Knie und hält einen der Füße auch schon in der Hand, so daß das Fräulein in eine für die Schicklichkeit etwas zu hohe und schiefe Position gerät. Während sich andere Dichter auf rauschenden Festen im Konversationsstil oder im Anekdotenerzählen geflissentlich üben, übt er sich lieber, während das Licht zu frivolen Gesellschaftsspielen ausgeht, auf dem Nacken der Nachbarin in verschiedenen Küssen, was wegen der Fülle der Haare nicht ganz ohne Umständlichkeit und Verfänglichkeit abgeht, so daß ihm, bei Wiederangehen des Lichts, der Kopf etwas zurechtgesetzt werden muß. Er trägt es mit Fassung. Auf langen Nachhausewegen wird dieser Kopf, wenn er zu hitzig geworden sein sollte, ausgelüftet und abgekühlt.

Tagsüber, hoch erhoben, wird er dann beim Herumvaganten seines kühnen Besitzers wieder zur Schau getragen. Das Aufundabgehen auf breiten Alleen, das gemäßigte Setzen der Schritte ist eine Sache, die auch geübt und gelernt werden will. Als ein sorgloser Tänzer auf dem Hochseil der Armut geht er dahin. Im Tiergarten, unter dem blauen Himmel, schaut er kindheitsverloren ins Grün. Er liebt die leichte Gebärde der dort spazierenden, die Zeit verbringenden oder totschlagenden Menschen. Den Gedanken, in die Kolonien zu gehen, den er ins Auge gefaßt hat, läßt er hier endgültig fallen. Was soll er reisen, solange er Phantasie hat? Er wartet darauf, daß sein Geist Krallen bekommt. Er lächelt. Er lebt.

Nicht zuletzt schreibt er. Gedichte und drei Romane, die auch gedruckt und verlegt und verkauft und von ein paar Freunden gelesen werden. Aber als er nach sieben Jahren in seine Heimat zurückmuß, weil es die Umstände erheischen, weil seine Gönnerin stirbt, von der er gelebt hat, weil er aus bestimmten familiären Gründen die Wohnung mit seinem Bruder, der auch inzwischen geheiratet hat, nicht länger teilen kann, weil ihm nach sieben Jahren auch alles zuviel und die große Welt doch zu klein wird, und auch in Deutschland bald Krieg ist, und er sich ganz einfach sein Heimweh nicht länger verbergen kann, und als er darum an den hiesigen Schriftstellerverein ein Bittschreiben richtet, auf daß ihm die Heimkehr erleichtert werde, da will man ihn in der Schweiz gar nicht kennen. Die Feier zur Rückkehr des verlorenen Sohnes findet nicht statt. Man hat sein Fortsein ja gar nicht bemerkt. So daß er kein Wiedergefundener, sondern nur ein Dahergelaufener ist.

1905 Übersiedlung nach Berlin, zunächst zu seinem Bruder Karl, der dort inzwischen zum angesehenen Maler und Bühnenbildner avanciert ist. Besuch einer Dienerschule. Von Oktober bis Jahresende als Diener auf Schloß Dambrau in Oberschlesien.

1906 Zurück in Berlin. Niederschrift des ersten Romans, *Geschwister Tanner* (eine Art Entwicklungsroman nicht eines Aussteigers, aber von einem, der gar nicht erst einsteigt, in dem sich Walsers ruhelose Zürcher Zeit und sein Verhältnis zur eigenen Familie spiegeln; 1907 bei Bruno Cassirer verlegt), und eines zweiten, nicht erhaltenen Romans.

1907 Der Roman *Der Gehülfe* über die seltsame fatalistische Treue eines Hilfsangestellten zu seinem als Erfinder nutzloser Dinge hasardierenden und bankrottierenden Herrn und dessen melancholischer Frau, als Reflex auf eine reale Begebenheit aus den Jahren in und um Zürich, entsteht (1908 bei Bruno Cassirer verlegt). Bezug einer eigenen Wohnung oder eines eigenen Zimmers.

1908 Der Roman *Jakob von Gunten* entsteht (die absonderliche Variante eines Zöglingsromans, in dem nicht so sehr der Zögling von seinen Erziehern als vielmehr die Schule von ihrem letzten Zögling abhängig ist und in dem Walser seine Erlebnisse in der Berliner Dienerschule verarbeitet; 1909 bei Bruno Cassirer verlegt). Im Sommer Ballonfahrt von Berlin nach Königsberg mit dem Vetter des Verlegers, dem Kunsthändler Paul Cassirer.

1909 Der Band *Gedichte* mit Radierungen Karl Walsers erscheint (ebenfalls bei Bruno Cassirer).

1910 Nach der Verheiratung Karl Walsers lebt Robert wieder bei seinem Bruder.

1912 Eigene Wohnung oder eigenes Zimmer am Spandauer Berg 1 in Berlin-Charlottenburg.

Karl Walser, *Am Bahnhof Tiergarten*, ca. 1910

Wie viele Schweizer, die in der Schweiz nicht geliebt werden, geht er ins Ausland

HOTEL
BAUER
KODAK
Hallesches Tor

Kreuzung Unter den Linden/ Friedrichstraße mit Café Bauer im Berlin von 1909

Bin ich der geborne Großstädter? Sehr leicht möglich. Ich lasse mich fast nie betäuben oder überraschen. Etwas unsagbar Kühles ist trotz der Aufregungen, die mich überfallen können, an mir. Ich habe die Provinz in sechs Tagen abgestreift. Übrigens bin ich in einer allerdings ganz, ganz kleinen Weltstadt aufgewachsen. Ich habe Stadtwesen und -empfinden mit der mütterlichen Milch eingesogen. (Jakob von Gunten, 1909)

Ich bilde mir ein, daß Berlin die Stadt sei, die mich entweder stürzen und verderben oder wachsen und gedeihen sehen soll. Eine Stadt, wo der rauhe, böse Lebenskampf regiert, habe ich nötig. Eine solche Stadt wird mir gut tun, wird mich beleben. Eine solche Stadt wird mich begünstigen und zugleich bändigen. Eine solche Stadt wird mir zum Bewußtsein bringen, daß ich vielleicht nicht gänzlich ohne gute Eigenschaften bin. In Berlin werde ich in kürzerer oder längerer Zeit zu meinem wahrhaftigen Vergnügen erfahren, was die Welt von mir will und was meinerseits ich selber von ihr zu wollen habe. (Würzburg, 1915)

Eine Stadt wie Berlin ist ein ungezogener, frecher, intelligenter Bengel, bejahend, was ihm so paßt, und wegwerfend, wessen er überdrüssig geworden ist. Hier in der Großstadt spürt man es ordentlich, daß es Geisteswellen gibt, hinwegströmend, gleich einem Bad, über das gesellige Leben. Ein Künstler ist hier gezwungen aufzuhorchen. Anderswo darf er, die Ohren verstopft, in die Ignoranz versinken. Hier darf er das nicht. Er muß sich vielmehr beständig menschlich ein bißchen zu-

sammennehmen, und dieser Zwang, der ihn umkreist, gereicht ihm zum Vorteil. Doch es gibt da auch andere Dinge.
Berlin ruht nie, und köstlich ist das. Jeder erwachende Morgen bedeutet einen neuen angenehm-unangenehmen Überfall aufs Behagen, und das tut ihm gut, dem Bequemlichkeitssinn. Der Künstler besitzt, ungefähr wie das Kind, einen angebornen Hang zur schönen, edlen Faulpelzerei. Nun, in dieses Faulenzertum, in dieses Königtum, weht immer wieder frischer Ansporn-Sturmwind. Ins stille, feine Wesen fährt das grobe, laute und unfeine. Es verwischt sich da stets etwas, und das ist gut, es ist Berlin, und Berlin ist ausgezeichnet. (Berlin und der Künstler, 1910)

Es scheint hier jedermann zu wissen, was sich schickt, und das erzeugt eine gewisse Kälte, und es scheint ferner, daß hier jedermann sich durch sich selbst behauptet, und dies ruft die Ungestörtheit hervor, die der Neuling hier bewundert. Die Armut scheint hinausgeschoben in die Viertel, die an die offenen Felder streifen, oder nach innen ins Düster und Dunkel der Hinterhäuser gedrängt, die von den herrschaftlichen Vorderhäusern verdeckt werden wie von mächtigen Körpern. Es scheint, als habe hier die Menschheit aufgehört zu seufzen und angefangen, ihres Lebens und Daseins endgültig froh zu sein. (Berlin W, 1910)

Sind ungefähr fünf oder sechs Jahre verflossen, so fühlt sich der Künstler, und mag er auch von Bauern abstammen, in der Großstadt wie zu Hause. Seine Eltern scheinen hier gelebt und

Linke Seite:
Postkarte von und mit Robert Walser an den Bruder Karl in Paris, um 1906

**Oben: Erstausgabe, 1907.
Umschlagzeichnung von Karl Walser
Unten: Erstausgabe, 1909. Verlag
Bruno Cassirer,
Umschlagzeichnung von Karl Walser
Nächste Doppelseite: Berlin,
Bahnhof Friedrichstraße**

ihn zur Welt gebracht zu haben. Verpflichtet, verschuldet und verschwistert fühlt er sich dem sonderbaren Gerassel, Geräusche und Getöse. Das Hasten und Wehen empfindet er wie eine neblige, liebe Muttererscheinung. Er denkt nicht mehr daran, je wieder abzureisen. Mag es ihm gut oder schlecht gehen, mag er verkommen oder emporkommen, gleichviel, es »hat« ihn, er ist für immer bezaubert, es ist ihm unmöglich, dieser großartigen Ruhelosigkeit Adieu zu sagen. (Berlin und der Künstler, 1910)

Ach, ist doch Berlin und sein Tiergarten jetzt schön. Es wimmelt von Menschen. Die Menschen sind starke, bewegliche Flecke im zarten, verlorenen Sonnenschimmer. Oben ist der lichtblaue Himmel, der wie ein Traum das untenliegende Grün berührt. Die Leute gehen leicht und bequem, so als fürchteten sie, in Marschierschritt und in grobes Gebärden zu verfallen. Es soll Leute geben, die nie daran denken, oder die sich zieren, sich am Sonntag auf eine Tiergartenbank zu setzen. Wie doch solche Leute sich des reizendsten Vergnügens berauben. Ich selbst finde das Sonntagspublikum in seiner offensichtlichen harmlosen Sonntagslust bedeutender als alles Kairo- und Rivierareisen. (...) Jetzt huschen, freundlichen Schemen ähnlich, windähnliche Schatten durch die Bäume, über die hellen weißen Wege, wohin? Man weiß es nicht. Kaum sieht man es, so zart ist es. Maler machen auf solche Delikatessen aufmerksam. In einiger sanfter Entfernung rollen roträdrige Droschken durch das milde grüne Gewebe, als gleite ein rotes Band durch ein Stück zartes Frauenhaar. Alles atmet

Fraulichkeit, alles ist Helle und Milde, alles ist so weit, so durchsichtig, so rund, nach allen Seiten dreht man den Sonntagskopf, um die Sonntagswelt hübsch zu genießen. (Tiergarten, 1911)

Ich hatte Wedekind und Verlaine gelesen und allerlei Gemäldeausstellungen besucht. Zeitweise trug ich einen Gehrock und Glacéhandschuhe und trat dann und wann in ein elegantes Kaffeehaus, was mir, wie ich offen gestehen will, Vergnügen machte. Meine dichterische Neigung führte mich zu Leuten, die auf Grund einer hochentwickelten Intelligenz in der Welt den Ton angeben, indem sie das zeitgenössische Wissen und die zeitgenössische Bildung vertreten. Ich lernte allerhand liebenswürdige bedeutende Menschen kennen, deren Anblick und Bekanntschaft mir jedoch vor allen Dingen in Erinnerung rufen mußten, daß ich nötig habe, mich so stark wie möglich zu beeilen, selber nachgerade zu irgendwelcher Bedeutung zu gelangen. (Tobold II, 1917)

Der hinreißende Glanz in den dunklen hauptstädtischen Straßen, die Lichter, die Menschen, der Bruder. Ich in der Wohnung meines Bruders. Ich werde diese schlichte Dreizimmerwohnung nie vergessen. Es war mir immer, als sei ein Himmel in dieser Wohnung mit Sternen, Mond und Wolken. Wunderbare Romantik, süßes Ahnen! Der Bruder bis in alle Nacht im Theater, wo er die Dekorationen machte. Um drei und vier Uhr des Morgens kam er heim, und dann saß ich noch da, bezaubert von all den Gedanken, von all den schönen Bildern, die mir durch den Kopf gingen; es war, als bedürfe ich keines Schlafes mehr, als sei das Denken, Dichten und Wachen mein holder, kräftigender Schlaf, als sei das stundenlange Schreiben am Schreibtisch meine Welt, mein Genuß, Erholung und Ruhe. Der dunkelfarbige Schreibtisch so altertümlich, als sei er ein alter Zauberer. Wenn ich seine feingearbeiteten, kleinen Schubladen aufzog, sprangen, so bildete ich mir ein, Sätze, Worte und Sprüche daraus hervor. (...) Ein Bild löste das andere ab, und die Einfälle spielten miteinander wie glückliche, anmutige, artige Kinder. Voller Entzücken hing ich am fröhlichen Grundgedanken, und indem ich nur fleißig immer weiter schrieb, fand sich der Zusammenhang. (Geschwister Tanner, Erzählung, 1914)

In Berlin habe ich mich mit Vorliebe in vulgären Kneipen und Tingeltangels herumgetrieben, damals, als ich mit Kari und der Katze ›Muschi‹ im gleichen Atelier wohnte, in dem er seine tschechische Freundin mit dem Barsoi malte, mich aber nicht. Ich foutierte mich um die Welt von oben. Ich war in meiner Armut glücklich und lebte wie ein sorgloser Tänzer. Ich habe damals auch tüchtig gesoffen. So wurde ich schließlich ziemlich unmöglich ... (Nach Carl Seelig, Wanderungen mit Robert Walser, 1943)

Warum sollten nicht einmal zwei Brüder über das Maß hauen. Wir passen ganz gut zusammen, wir paßten auch schon damals zusammen, als wir uns haßten und beinahe totprügelten. (Geschwister Tanner, 1907)

Ich saß in einem hübschen Zimmer, wo ich für allerhand Zeitungen kleine Prosastücke schrieb, denen ich die beste Sorgfalt widmen konnte. Geld lief wenig ein; doch hatte ich auch keines nötig, da sich eine liebe Frau um mich sorgte, die mich in ihrer Güte wissen ließ, daß sie nur für mich leben wolle. Wer den Mietzins zu zahlen habe, kümmerte mich nicht im mindesten. O es war reizend, ganz und gar keine drückenden Gedanken haben zu müssen. (…)
Gewiß fand ich mich dann auch wieder vielmals auf der Straße, die herrlich lockte und blitzte, und im goldenen hinreißenden Strom der Menschen, doch stets mehr zum Vergnügen als zu ernster, angestrengt suchender Tätigkeit. Aber alles Weite und Offene glänzte so fröhlich und heiter. Mit einer Art von Wonne mischte ich mich in das anheimelnde, anmutige Gedränge, und das elegante Getümmel machte auch mich sozusagen leicht und elegant. Ich trat mit zuversichtlichem Gemüt in vielerlei artige Lokale, empfing mannigfaltige Anregung, wobei ich mich hoffentlich hin und wieder selber ein wenig anregend gezeigt habe, da doch eine Gefälligkeit immer auch die andere wert sein muß. (Rückblick, ca. 1919)

Wenn ich zu bemerken wage, daß ich dort im allgemeinen mit allen gewiß zeitweise heißen Bemühungen erfolglos geblieben bin, so klage ich damit die Gegend, von der ich rede, nicht im geringsten an, wozu ich keinen Grund hätte. Ich darf gelassen sagen, daß, während mich der Anklang, den ich da und dort fand, aufrichtig freute, mir die Mißerfolge, die ich erntete, die ruhige und heitere Verfassung nie und nimmer gänzlich zu trüben oder zu rauben vermochten. (Heimkehr im Schnee, 1917)

Auf der Suche nach einem verlorenen Sohn VIII

Die Berliner Dienerschule

Könige sind Bettler, Bettler Könige, das hätte er den Menschen einmal von der Bühne herab vorführen wollen, jetzt macht er in der Wirklichkeit auf das Exempel die Probe.

In einem Dachzimmer des Bieler Hotels »Zum blauen Kreuz«, für das er monatlich hundert Franken bezahlt, richtet er zwischen Bett und Tisch sein Refugium ein. Getafelt wird unten, im Speisesaal, wenn auch nicht vorn, am vornehmen Fremdentisch, sondern ganz hinten, dicht an der Wand, wo er sich in die Ecke preßt. Er sieht sich veranlaßt, mit dem Essen, das da serviert wird, zufrieden zu sein. Hof hält er auswärts, in billigen Kneipen, das hat er schon in Berlin praktiziert, zur Unterhaltung sucht er verrufene Lokalitäten auf, auch im benachbarten Bern. Er ist ja ein Mann von Welt, auch wenn er inkognito reist. Sich selber erniedrigt er, die andern erhöht er. Einfache Mädchen macht er, als wäre es nichts, zu Marquisen. Den echten Adel holt er mit einem einfachen Naserümpfen auf den Boden der Demokratie. Gewöhnlichen Einladungen allerdings ist er geneigt Folge zu leisten. Von der Höhe seiner Niedrigkeit herunter pflegt er den notwendigen Verkehr mit der Welt.

Er hat ja nichts. Das Geld, das er in Berlin auf die Bank gelegt hat, ist ihm im Krieg, der jetzt stattfindet, jenseits der Grenzen, verlorengegangen.

Sein letztes Geld hat er zu einer Käuflichen getragen, allerdings nicht um *sie*, sondern um ihr etwas dafür zu kaufen, auch wenn es nur eine Flasche Wein ist, die er mit ihr trinkt. Zu mehr reicht es nicht. Er ist ein leidenschaftlicher Verfechter der Leidenschaftslosigkeit. Zwar geht es ihm dreckig, aber das hindert ihn nicht daran, sauber zu bleiben. Ein wenig weibliche Wärme ist ihm genug.

Denn oft hat er bitter kalt. Das Zimmer, das er bewohnt, ist nicht beheizt, auch im härtesten Winter nicht, weil er sich das Holz oder die Kohle nicht leisten kann. So wickelt er sich, wenn er trotz Kälte still sitzen muß, weil er arbeitet, in seinen Purpur, der allerdings grün und sein Militärmantel ist. Und an den Füßen, die er um die Stuhlbeine schlingt, um sich an seinem Schicksal festzuhalten, trägt er dicke, bunte, prächtige Hausschuhe, die er aus alten Kleidern gefertigt hat.

Könige sind Bettler, Bettler Könige, er spielt seine Rolle von Tag zu Tag besser. Das kommt nicht von ungefähr. Gründlich hat er sich darauf vorbereitet. Zwar hat er keine Schauspielschule besucht. Und auch keine Bettlerschule. Die gibt es nicht. Aber doch eine Dienerschule und eine Schule des Lebens. Da hat er, der für seine Person das helle Licht weniger liebt als den Schatten, wie er behauptet, nicht nur das Ausklopfen von Teppichen, das Abstauben von Schränken, das Glänzen von Tischplatten, das Lackieren von Schuhen, das Polieren von Silberbesteck, das Anzünden und Auslöschen von Lampen, das Reinigen von Fensterscheiben, das Bedienen bei Tafel und das Abnehmen von Hüten und Mänteln gelernt, sondern auch, wie man sich kleinmacht.

Das Sichkleinmachen macht er zu seinem Beruf. Kann nicht auf Größe verzichten auch Größe sein? Wahrhaft königlich ist er heruntergekommen. Wahrhaft herrlich ist er in Lumpen gekleidet. Der diensteifrige Herr. Der hochgeborene Diener. Aber als er dann nicht mehr die Rolle, sondern die Rolle ihn ganz beherrscht, die ihm auf den Leib geschrieben gewesen ist, und das Spiel ernst wird, also aus ist, und als er jetzt wirklich betteln muß, bei seiner Frau Mermet, von Brief zu Brief, denn was sonst als Bettelbriefe sind es, die er ihr schreibt, um ein Stück Butter, um ein Stück Käse, um eine Speckschwarte, um ein Stück Wurst, um ein Stück Brot, um Schokolade, um etwas Tee, um etwas Zucker, um ihn zu versüßen, um ein Stück Kleidung, da wollen die andern den König in ihm nicht mehr erkennen, da nehmen sie ihm die Verkleidung nicht länger ab.

Und er selbst? Gern würde er jetzt bei der Schwester wohnen, die ganz in der Nähe in einer Anstalt Lehrerin ist. Er könnte dort Wärter werden, glaubt er sich einreden zu können, oder sich eine Mädchenschürze umbinden und seiner Frau Mermet, die ja dort Anstaltshaushälterin ist, in ihrem Haushalt helfen. Aber die Schwester, die seine Lieblingsschwester gewesen ist, zeigt dafür kein Gehör. Als Besucher von Zeit zu Zeit, findet sie, sei er da besser am Platz.

Überhaupt hat er vieles verloren in dieser Zeit. Zuerst seinen Vater. Dann zwei seiner Brüder, in kurzer Folge, den einen in der Umnachtung, den andern durch Selbstmord. Der Bruder, den er noch hat, der Erfolgreiche, Berühmte, bei dem er gelebt hat, hat sich nicht erst nach der Abreise aus Berlin von ihm distanziert. Seiner Frau, einer Vornehmen, ist dieser herumvagabundierende Verwandte, von dem man nie weiß, woran man mit ihm ist, schon immer ein Dorn im Auge gewesen. Als sein dubioser Thron jetzt auch noch wackelt und der einstige Glanz verblaßt, fürchtet sie, daß auch aus der eigenen Krone dadurch ein Zacken herausbrechen könnte. Und ihr Mann tritt dieser Sicht der Dinge zuwenig entschieden unverbrüchlich brüderlich entgegen. So daß da tatsächlich etwas zerbricht. So daß der Tag kommt, an dem sich das Brüderpaar, das gerade noch Berliner Kunstgeschichte gemacht hat, trennt. Auch entthront, verliert dieser heimliche König nicht seinen angeborenen Stolz. Er weiß, wer er ist. Nur sonst weiß es keiner.

1913 Rückkehr in die Schweiz, zunächst zu seiner Schwester Lisa nach Bellelay, dann zu seinem Vater nach Biel. Ab Juli für die nächsten sieben Jahre Mansardenbewohner im Bieler Hotel »Zum blauen Kreuz«. Beginn der Freundschaft und des Briefwechsels mit Frieda Mermet, einer Freundin der Schwester, die er in Bellelay kennengelernt hat. Bei Kurt Wolff, Leipzig, erscheint der Prosaband *Aufsätze.*

1914 Tod des Vaters am 9. Februar. Der Prosaband *Geschichten* erscheint (ebenfalls bei Kurt Wolff). Im Sommer Preis des »Frauenbundes zur Ehrung rheinländischer Dichter« (Walsers einzige Auszeichnung) für den Prosaband *Kleine Dichtungen*, der bei Kurt Wolff im Druck erscheint. Nach Kriegsausbruch verschiedentlich Militärdienst, u. a. im Tessin.

1915 Kurze Reise nach Leipzig und Berlin. Am 25. Januar Gebrüder-Walser-Abend des Lesezirkels Hottingen, Zürich. Militärdienst.

1916 Die Erzählung *Der Spaziergang* entsteht. Im Rascher Verlag, Zürich, erscheint, allerdings mit Druckvermerk »1917«, der Band *Prosastücke.* Am 17. November stirbt Walsers Bruder Ernst in der Nervenheilanstalt Waldau bei Bern.

1917 Bei Huber, Frauenfeld, erscheint *Der Spaziergang*, im Francke Verlag, Bern, die Sammlung *Kleine Prosa*. Im Sommer Militärdienst im Tessin. Ende des Jahres und schon mit dem Druckvermerk »1918« bringt Huber auch *Poetenleben* heraus.

1918 *Seeland* und der nicht veröffentlichte Prosaband *Kammermusik* entstehen. Militärdienst. Im Winter Arbeit an *Tobold.*

1919 Eine zweite Auflage der *Gedichte* und der Band *Komödie* erscheinen im Verlag Bruno Cassirer, Berlin. Am 1. Mai Freitod von Walsers Bruder Hermann.

Das Hotel »Zum blauen Kreuz« in Biel

Wahrhaft königlich ist er herunter-gekommen

Ist nicht Don Quichote in seiner Verrücktheit und Lächerlichkeit ein wahrhaft glücklicher Mann? Ich vermag das keinen Augenblick zu bezweifeln. Ist ein Leben ohne Sonderbarkeiten, ohne sogenannte Verrücktheiten überhaupt ein Leben? Wenn der Ritter von der traurigen Gestalt seine verrückte Ritteridee wahrmachte, so mache ich meinerseits meine Dieneridee wahr, die ohne Zweifel mindestens ebenso verrückt, wenn nicht gar noch um einige Grade verrückter ist als jene. (Tobold II, 1917)

Langsam ging ich heim. Später, so dachte ich, würde ich wieder zu frischer Brauchbarkeit gelangen. (...) Mut und Zuversicht beseelten mich auf beschwerlichem Wege, denn ich durfte mir sagen, daß ich richtig gehe. Zukunftsfroh war ich wie nie, obwohl ich auf demütigem Rückzug war. Ich hielt mich jedoch keineswegs für niedergeworfen, hatte vielmehr den Einfall, mich Überwinder zu nennen, worüber mich ein Lachen ankam. Mantel hatte ich keinen an. Ich nahm schon den Schnee für einen prächtig wärmenden Mantel.
Bald würde ich wieder die Eltern- und Geschwistersprache reden hören und den lieben Vaterlandsboden wieder betreten. (Heimkehr im Schnee, 1917)

Eines Tages, mitten im Sommer, langte ich in einer Stadt an, in welcher ich einstmals gewohnt hatte, die ich aber nun schon seit manchem Jahr nicht mehr wiedersah. Sie sah so bleich, so farblos aus, die Stadt, daß ich mich vor ihr fürchtete. Ich ging durch die altbekannten Gassen, in der Vermutung, daß mich ihr Anblick ergötzen und erquicken werde, doch es war ganz anders, der Anblick schlug mich nieder, und ein seltsames, unbeschreibliches Verzagen ging mir durch die enttäuschte Seele. (Eine Stadt I, 1914)

O es kam mir vor, als sei ich einst ein König gewesen und müsse nun als ein Bettler ziehen in die weite Welt, die da strotzt von Unkenntnis, die da strotzt von dicken und finsteren Gedanken- und Gefühlslosigkeiten; es kam mir vor, als sei es ewig nutzlos, gut zu sein, und ewig unmöglich, redliche Absichten zu tragen, und als sei alles töricht und als seien wir alle nur kleine Kinder, zum voraus den Torheiten und Unmöglichkeiten überliefert. (Die Landschaft I, 1914)

Ich bin vor einiger Zeit aus kalten ungünstigen Verhältnissen, ohne jegliche Zuversicht, ohne Glauben, krank im Innern, gänzlich ohne Zutrauen hieher gekommen. Mit der Welt und mit mir selber war ich verfeindet, entfremdet. Mißtrauen und Ängstlichkeit begleiteten jeden meiner Schritte. Stück um Stück verlor ich dann das traurige, aus allerlei Beengung stammende unedle Vorurteil, atmete wieder leichter, ruhiger und freier, und wurde nach und nach wieder ein wärmerer, schönerer, glücklicherer Mensch. Vielerlei Befürchtungen sah ich verschwinden; Mangel an Hoffnung und alle Unsicherheit, die ich mit mir zu schleppen gehabt hatte, verwandelten sich allgemach in heitere Befriedigung und lebhaften, angenehmen Anteil, die ich von neuem fühlen lernte. (Der Spaziergang, 1917)

Inzwischen hat er sein Wanderleben aufgegeben und sitzt nun schon ziemlich lang als regelrechter Schriftsteller im Verborgenen, derart, daß es aussieht, wie wenn er sich verkrochen hätte; er liebt aber die Welt nach wie vor, nur daß er sie jetzt mehr betrachtet als beschreitet. (Ein Dichter I, 1919)

Einst war er groß; wie er sich verringert sah, wollt er schier mit sich grollen, aber die Gabe, die er besaß, und das Bedürfnis, Einigkeit in sich hervorzubringen, ließen ihn auch das Kleine wertschätzen, bis er sich neuerdings emporgeschwungen hätte. (Der Künstler, 1921)

Ich fühle, wie wenig mich das angeht, was man Welt nennt, und wie mir groß und hinreißend vorkommt, das, was ich Welt nenne, ganz im stillen. (Jakob von Gunten, 1909)

Klein sein und bleiben. Und höbe und trüge mich eine Hand, ein Umstand, eine Welle bis hinauf, wo Macht und Einfluß gebieten, ich würde die Verhältnisse, die mich bevorzugten, zerschlagen, und mich selber würde ich hinabwerfen ins niedrige, nichtssagende Dunkel. Ich kann nur in den untern Regionen atmen. (Jakob von Gunten, 1909)

Wenn ich Kerzen brennen sehe, komme ich mir vermögend vor. Im nächsten Augenblick kommt immer der Diener und reicht mir den Pelz. Das ist Unsinn, aber dieser Unsinn hat einen hübschen Mund und lächelt. (Jakob von Gunten, 1909)

Schlittschuhweiher im Kanton Bern.
Foto von Gotthard Schuh.

In einer eiskalten Nacht stand Wenzel, das Genie, auf der Straße, in einem dünnen, dünnen, und nochmals dünnen Kleidchen und bettelte die Passanten an. Die Herren und Damen dachten, Gott, er ist ja ein Genie, er darf sich das schon erlauben. Genies bekommen den Schnupfen nicht so schnell wie gewöhnliche Sterbliche. Wenzel schlief die Nacht im Portal des Königlichen Palastes und seht, er ist nicht erfroren. Genies erfrieren nicht so leicht, und mag es noch so kalt sein. (Das Genie, 1902)

Aus Erfahrung kann ich sagen, daß Dichter, lyrische sowohl wie epische und dramatische, ihre mathematischen oder philosophischen Stuben recht selten einheizen. »Wenn man im Sommer schwitzt, so darf man doch wohl im Winter zur Abwechslung ein wenig frieren«, sagen sie, und sie schicken sich soweit sehr talentvoll sowohl in die Hitze wie in die Kälte. Sollten ihnen beim Sitzen und Schreiben Beine, Arme und Hände vor Kälte steif werden, so brauchen sie ja nur eine Zeitlang mit erwärmendem Atem an die Finger zu hauchen, oder sie können, um die abhanden gekommene Gliedergelenkigkeit wiederherzustellen, vom Stuhl aufstehen und die eine oder die andere Körperbewegung ausführen, und alsbald wird sich das genügende Quantum Wärme von selber einfinden. Turnübungen wirken außerdem recht belebend auf den vielleicht überanstrengten und infolgedessen etwas erschlafften Geist. Im übrigen vermögen Schaffensenergie, gute Gedanken, fröhliche Einfälle und der feurige dichterische Entschluß ganz gewiß und zu jeder Zeit einen glühen-

Linke Seite: Mobilmachung in der Schweiz. Grenzsoldaten im Bedrettotal zur Sicherung der Tessiner Grenze im Ersten Weltkrieg
Links: Der Vater Adolf Walser kurz vor seinem Tod, 1914
Unten: Der Bruder Ernst Walser (1875–1916). Er starb in der Heilanstalt Waldau.

Links: Der Bruder Hermann Walser (1870–1919). Er beging Selbstmord.

den Ofen fast vollständig zu ersetzen. (Dichter, 1917)

Die Natur war mein Garten, meine Leidenschaft, meine Liebste. Alles, was ich sah, war mein eigen, der Wald und das Feld, die Bäume und die Wege. Wenn ich in den Himmel sah, glich ich einem Prinzen. (...) Ich tat niemand weh, und auch mir tat niemand weh. Ich war so hübsch, so schön beiseit. (Der Dichter, 1914)

Der große alte Garten, der den Titel Park verdient, ist mit Schnee bedeckt, was wie eine Pelzbemäntelung aussieht. Es hat so etwas Hermelinhaftes. (Wohnungswechsel, 1926)

Es war herrlich. Ich war so fürstlich arm und so königlich frei. (Die Gedichte I, 1912)

Ich schätze hoch, was ich bin, so karg und ärmlich es ist. (Brief eines Dichters an einen Herrn, 1914)

Viertens ist Armut für mich etwas Ähnliches wie Reichtum. (Ein dummer Junge, 1928)

Sie befinden sich aber sehr wahrscheinlich in einem Irrtum ..., wenn Sie glauben, daß Sie es in mir mit einem alltäglichen Vagabunden zu tun haben könnten. Ich möchte mir erlauben, Ihnen zu raten, mich mit etwas größerer Genauigkeit anschauen zu wollen. Sie gelangen dann vielleicht zu der für uns beide sicherlich überaus angenehmen Empfindung, daß ich ebenso leicht, wenn nicht leichter, ein honetter und ehrlicher Mensch als verwegen und ein Gauner sein kann. Ich bin überzeugt, daß ich entschieden nicht bin, wofür Sie vielleicht sich verpflichtet fühlen möchten mich zu halten. (Kleines Landstraßenerlebnis, 1916)

Demnach war er, was er nicht scheinen mochte, und schien oft, was er nicht war. (Bildnis eines Mannes, 1921)

Nur da und dort jedoch, bei guter Gelegenheit, redete er frei und ließ er ein wenig spüren, wer und was er sei. (Der Arbeiter, 1915)

... aus der Höhe meiner unsäglichen Wenigkeit herunter ... (An Resy Breitbach, 1925)

Ihr diensteifriger Herrscher ... (An Max Rychner, 1926)

Religiös war ich insofern stets, als ich noch keinen einzigen Tag ohne Glauben an mich geblieben bin. (Fidelio, 1922)

Rechte Poeten sind stets gescheite Menschen, die ganz genau wissen, daß sie Tapferkeit nötig haben, um den Mangel an Achtung zu ertragen, welchem sie sich dadurch aussetzen, daß sie das sind, was sie sind, nämlich Poeten. (...) »Dieses elende Poetenleben macht mich stolz und froh«, sagte er, »und auch hiervon verstehen Sie entschieden zu wenig. Mich beglückt der Aufenthalt in dieser scheinbar so elenden Kammer, die einem Gefängnis gleicht. Stolze Frau, ja, so ist es, aber das vermögen Sie nicht für möglich zu halten. Hier bin ich ich selbst und höher kann ich nirgends stehen. Sie begreifen, daß es schön ist, Aufwand zu treiben und recht viel Anerkennung zu genießen, aber Sie begreifen nicht, daß es schön ist, nach außen hin ganz arm zu erscheinen, dagegen reich zu sein im Innersten an Gefühlen und Empfindungen der Hingebung, des Mutes, der Tatkraft, der Pflichterfüllung. Ich erfülle, indem ich dieses elende Poetenleben führe, meine Pflicht, und das macht mich froh, und das verstehen Sie nicht.« (Maler, Poet und Dame, 1917)

Mein Gemach war übrigens für meine doch nicht belanglose Person zu klein, zu eng. Weil mein Zimmer bloß so ein Zimmerchen war, bohrte ich ein Loch durch die Wand, damit gewissermaßen etwas wie eine Erweiterung des Horizontes zustande käme. (...) Ein See schmückte die Umgebung. Acht Jahre lang fand ich diesen See täglich schön. (...) Wie entschlossen, wie zäh ich blieb! Zarten Naturen wurde es in meinem Beisein einfach übel. Es war eine Art Hotel, worin ich logierte. (...) Acht Jahre setzte ich mich täglich an denselben Platz und weigerte mich ebenso lang, ein angenehmer Mitbürger zu sein. (...) Eines sei hervorgehoben: ich bekundete täglich den besten Appetit. Meistens aß ich auf, was mir vorgesetzt wurde. Daß das nicht ganz schicklich, das heißt allfällig ein bißchen unfein sei, fiel mir wohl manchmal ein; aber ich legte solcher Äußerlichkeit kein allzu starkes Gewicht bei. (Die Ruine, 1926)

Schriftstellern ist zur Stunde wohl einer der unlohnendsten Berufe, ich hoffe mich aber dieses Jahr noch behaupten zu können, denn es handelt sich für mich um Fertigstellung nicht nur eines Buches, sondern ich möchte sagen, um säuberliche Ordnung meines gesamten dichterischen Werkes. Nächstes Jahr kann ich dann ja Wärter in Bellelay oder Kaiser von ich weiß nicht welchem Weltreich werden oder in ein Bureau treten oder als Arbeiter in eine Fabrik gehen. (An Frieda Mermet, 1919)

Wahrscheinlich ist dies mein letztes Prosastück. Allerlei Erwägungen lassen mich glauben, es sei für mich Hirtenknaben höchste Zeit, mit Abfassen und Fortschicken von Prosastücken aufzuhören und von offenbar zu schwieriger Beschäftigung zurückzutreten. Mit Freuden will ich mich nach anderer Arbeit umschauen, damit ich mein Brot in Frieden essen kann. (Das letzte Prosastück, 1919)

Schon fing man ihn zu bemitleiden an, als sei er nicht mehr er selbst, eher irgendein unbekannter anderer, einer, dem man nichts nachfragte. Ohne es festzustellen, hatte er, während man ihn nach wie vor zur Spazierfahrt oder zum Essen einlud, seinen Wert eingebüßt, und deshalb zog es ihn zu etwas Mütterlichem, in ein Wiedergeboren- und Erzogenwerden hin. (Das Gebirge II, ca. 1932)

Vorläufig gebe ich aber jedem Schriftsteller den Rat, sich einen ihm die Schreibutensilien vorantragenden Pagen anzuschaffen, damit sich die Leute sogleich von seinem Stande überzeugen können. Neulich fragte mich nämlich jemand, was ich sei, worauf ich antwortete: »Schriftsteller«. – »Ist das wahr?« wurde mit einer Ungläubigkeit ausgerufen, die mich fast selber an meiner Schriftstellerhaftigkeit zweifeln ließ. Ich hatte die größte Mühe, mich in

Oben: Die Kantonale Pflegeanstalt für Geisteskranke in Bellelay, Berner Jura, in der die Freundin Frieda Mermet als Lingère und die Schwester Lisa als Lehrerin arbeiteten.
Links: Lisa Walser. Sie unterrichtete die Kinder des Anstaltspersonals.

diesem Moment nicht für einen Schuhputzer zu halten. (Abhandlung, 1925)

Sieh dir doch einmal wieder deine Hosen an: unten zerfetzt! Allerdings, und ich weiß schon: es sind nur Hosen, aber Hosen sollen ebensogut instand gesetzt sein wie Seelen, denn es zeugt doch von Nachlässigkeit, zerrissene und zerfetzte Hosen zu tragen, und die Nachlässigkeit kommt aus der Seele. Du mußt also auch eine zerfetzte Seele haben. (Geschwister Tanner, 1907)

Man kann den Bettler keinen nötlichen, etwa um ein Stückchen Brot demütig Bittenden nennen, sondern man wird bei ihm von einem seelischen Bettlertum zu sprechen haben, was an sich gewiß weiter gar nicht schlimm ist, da die Hauptsache für uns ist, wenn wir zu essen haben, und nachts wissen, wo wir hingehen können, um von den Kräfte in Anspruch nehmenden Tagesbemühungen auszuruhen. Man meint auszusprechen der Meinung sein zu dürfen, um die Bettelgestalt herum sei's Herbst gewesen, wobei jedoch Irrtum keineswegs ausgeschlossen ist. Beispielsweise weiß ich nicht mit Sicherheit, ob Schriftstellern gestattet ist, den frühen Morgen mit dem Frühling, die Mittagszeit mit dem Sommer, die Abendstunde mit dem Herbst und die lange, monotone Nacht mit der winterlichen Jahreszeit zu vergleichen. Um den Bettler war's also Abend geworden. (Herbst II, 1927)

Sein Anzug war fadenscheinig. Auf seinen Knien waren zwei große, mit rührender Hilflosigkeit von seinen eigenen Männerhänden aufgenähte Flicken sichtbar. Der ganze, an Geist und Wissen und, was mehr ist, an Menschlichkeit reiche, über vierzig Jahre alte Mann war die Verkörperung tapfer, ja stolz ertragener äußerer Armut. (...) Dieser Dichter (ein heimlicher König), (...) erträgt die Not bitterster Einsamkeit und duldet die Pein bürgerlicher Verachtung, alles, um ein Dichter sein zu dürfen. (Emil Schibli in: Seeländer Volksstimme, 1927)

Nur hübsch ausharren. Das Gute kommt schon. Gutes ist uns immer näher, als wir glauben. Geduld bringt Rosen. Dieser alte, gute Spruch fiel mir ein, als ich letzthin Schneeglöckchen sah. (Schneeglöckchen, 1919)

Ich bleibe und werde wohl bleiben. Es ist so süß, zu bleiben. Geht denn die Natur etwa ins Ausland? Wandern Bäume, um sich anderswo grünere Blätter anzuschaffen und dann heimzukommen und sich prahlend zu zeigen? (Geschwister Tanner, 1907)

Auf der Suche nach einem verlorenen Sohn IX

Obwohl er inzwischen an die fünfzehn Bücher, so genau weiß er das gar nicht mehr, auf den Markt geworfen hat, die freilich dort liegengeblieben sind, muß er sich wieder als Zeitschriftenlieferant, will heißen als Prosastücklischreiber vor allem für ausländische Feuilletonredaktionen so gut es geht über Wasser halten. Die inländischen wollen ja seine Sachen, die sie für manieriert und kokett halten, nicht. Was ihn auf der anderen Seite nicht daran hindert, man kann auch weiter gehen und sagen: geradezu dazu herausfordert, sich mit den Inländern, mit denen er es zu tun bekommt, ab und zu Scherze zu leisten, die er sich, im grellen Licht seiner prekären Finanzlage betrachtet, eigentlich gar nicht leisten kann. Zum Beispiel die Qualifikation von Redaktoren in Frage zu stellen, seine Lieferungen, die für das Ausland offenbar gut genug sind, überhaupt zu beurteilen. Zum Beispiel einem Redaktionsschreibtischverwalter, der ihm Belehrungen darüber erteilen will, wie er zu schreiben habe, nämlich vor allem anders, zum Beispiel wie Gottfried Keller, ein Kamel an den Kopf zu werfen und die Tür zuzuschlagen. Zum Beispiel gelegentlich doch bei ihm eintreffende Einladungen zur Mitarbeit mit der Begründung abzulehnen, für Auftragsarbeiten welcher Art auch immer durchaus nicht geschaffen zu sein.

Oder aber er lädt den Verleger Hauschild aus Zürich brieflich und förmlich ein, ihn zwecks Besprechung einer durchaus im Bereich der Möglichkeit liegenden gemeinsamen beruflichen Zukunft in seiner Berner Mansarde, in der er jetzt leibt und lebt, an dem und dem Tag zu der und der Zeit zu besuchen. Gezeichnet, in Abwesenheit, aber mit dem Einverständnis des Herrn, Cäsar, sein Diener. Und als der Verleger Hauschild dann tatsächlich an dem verabredeten Tag aus Zürich angereist kommt und als er in dem bewußten Berner Haus zur verabredeten Zeit das schmale und hohe Treppenhaus bis unters Dach zu der armseligen Mansarde hinaufgestiegen ist und als er an der dafür in Frage kommenden Tür, an die ein Zettel mit dem ihm doch einigermaßen bekannten Namen geheftet ist, nach einer kurzen Verschnaufpause, in der er tief durchat-

Robert Walser um 1909, so wie er seine Verleger empfangen haben mag.

met, angeklopft hat, da wird ihm die Tür auch sofort von diesem Diener geöffnet. Von einem Mann jedenfalls, der sich für diesen Diener ausgibt, der hemdsärmelig für einen Augenblick im Türrahmen erscheint. Und sogleich auch wieder vor der Nase zugeworfen. Ja, er werde von seinem Herrn schon erwartet, er wolle ihn melden, er bitte, sich einen Augenblick zu gedulden. Und schon geht die Tür zum zweitenmal auf, und der gleiche Mann, ohne Zweifel, nur jetzt mit Rock angetan und als Herr, steht wiederum vor ihm und ist geneigt zu empfangen.

Das hat aber der Verleger Hauschild aus Zürich nicht nötig, der ohnehin noch von den Strapazen der Reise und des Treppensteigens gezeichnet ist. Solche Scherze will er durchaus nicht verstehen. Diese Allüren von einem, der statt dessen dafür dankbar zu sein hätte, daß man sich überhaupt zu ihm herbemüht, mag er nicht leiden. Von Grund auf mißbilligt er Menschen, die, wenn sie vor ihm stehen, nicht wissen, vor wem sie stehen. Die Art von Eskapaden, die die Grenzen von Anstand und Stand mißachten, ist ihm zutiefst zuwider. Auf solche Spaßvögel kann er, frei heraus, ohne jeden Umstand verzichten. Es gibt schließlich auf der Welt ganz andere Größen, die nur auf ihn warten. Und als er darüber hinaus auch noch mit einer ihm stark übertrieben vorkommenden und ihm nur durch die maßlose Selbstüberschätzung des Dichters, mit dem er es hier zu tun hat, erklärlichen Honorarforderung erschreckt wird, die freilich in dessen gegenwärtig vollkommenem Mangel an irgendwelchen Einkünften ihren wahren Grund hat, und als das Bemühen um Einlenken seinerseits von der anderen Seite mit einer unerquicklichen Schriftgrößen- und Papiersortendebatte beantwortet wird und auch sonst noch einiges schiefläuft in dem dann ja doch in Gang gekommenen Gespräch, von dem wir nichts wissen, da dreht er sich auf den Absätzen um und reist wieder ab. Für Galgenhumor interessiert der Verleger Hauschild sich nicht.

Für Galgen-
humor
interessieren
Verleger
sich nicht

Was mich betrifft, so habe ich mich keineswegs über Verkanntheit zu beklagen. Ich kenne Leute, die sich nach mir sehnen. Individualitäten umwerben mich. Frauen von nicht zu mißverstehender gesellschaftlicher Bedeutung freuen sich, wenn ich nur in geringem Grad artig zu ihnen bin. (...) Meine Verleger teilen mir mit, sie seien entzückt von mir. Sie hoffen in einem fort das beste, und ich verhindere sie nicht an der Ausgestaltung der vorzüglichen Meinung, die sie sich über mich bildeten. Anderseits unterstütze ich sie aber auch darin nicht. Meine dichterischen Produkte reisen munter und zirkulieren unentwegt durch die Presse. Hie und da fliegt mir ein Goldvögelchen aus blasser und unbekannter Hand zutraulich zu. Täglich beschäftigt mich irgendein Problem. Allgemein gesprochen halte ich nichts für so gesund als eine kräftige Portion Verkennung, die gewiß auch Nachteile haben mag, aber aus fröhlicher Verarbeitung dessen, was nachteilig ist, wächst Vorzügliches. (Gibt es verkannte Dichter unter uns?, 1926)

Meine Ambition bändigend, erteilte ich mir die Weisung, mich mit bescheidensten Erfölgelein zu begnügen. Der Schriftsteller in mir gehorchte den Vorschriften des ruhig weiter zu leben Wünschenden, der's mit mannigfachen Zeitungsredaktionen zu tun bekam. Wie ich glaube, besaß ich einst einen bessern Namen; doch gewöhnte ich mich auch an einen weniger ausgezeichneten, indem ich wünschte, ich erklärte mich mit der Bezeichnung ›Zeitungsschreiber‹ einverstanden. (Meine Bemühungen, 1928/29)

Der Verleger Bruno Cassirer

Rechte Seite: Der Verleger Ernst Rowohlt (oben), der Redakteur Max Rychner (unten)

Der Autor und Kritiker Max Brod, Förderer von Robert Walser

Mein Prosastückligeschäft geht zur Zeit recht schlecht; ich lasse mich aber durch die Baisse meiner Prosa-Aktien nicht entmutigen. (An Frieda Mermet, 1928)

Einmal wurde mir mitgeteilt: »Ihre Prosastücke sind im Tumult und Wirrwarr verlorengegangen. Nehmen Sie uns das nicht übel und schicken uns Neues. Wir wollen es wieder verlieren, worauf Sie uns wiederum Neues einsenden können. Seien Sie recht sehr fleißig. Verbeißen Sie jeden überflüssigen Mißmut. Sie tun uns immerhin leid. (Das letzte Prosastück, 1919)

In reichem Maße lernte ich das Elend kennen, das ein Romanschriftsteller zu erleben bekommt, der seinen neuen, erstaunlichen und packenden Roman mehr zu liefern treuherzig verspricht als wirklich und wahrhaftig auf den Tisch legt und liefert, der denselben mehr durchblicken läßt und in Aussicht stellt als schreibt. (Der neue Roman, 1916)

Obwohl ich keinen Augenblick zweifle, daß schon bessere, bedeutendere Bücher geschrieben worden sind wie ›Poetenleben‹, so bin ich doch auch ebensowenig im Zweifel, daß ich zur Zeit ein besseres Stück Schriftstellerei nicht hätte hervorbringen können. Ich will mit diesem Satze sagen, daß ich innerlich mit ›Poetenleben‹ zufrieden bin und daß ich es ohne die geringste Scheu zu veröffentlichen wage. Was im Bereich meiner Kräfte lag, an Ausdruck, Klang und Inhaltlichkeit zusammen zu tragen, habe ich getan. Eine gewisse Stimme sagt mir, daß es ein bescheidenes, aber festgefügtes, gründlich gegliedertes Buch

Oben links: Erstausgabe, 1914, Verlag Kurt Wolff. Zeichnung Karl Walser
Links: Erstausgabe, 1917, Huber Verlag. Zeichnung Otto Baumberger

Oben: Erstausgabe, 1914, Verlag Kurt Wolff. Einband von Karl Walser
Unten: Erstausgabe, 1919, Zeichnung E. R. Weiß

ist, auf dessen Erscheinen ich mich selbst ehrlich freue. (An den Huber Verlag, 1917)

Ich bekam vom ›Berliner Tageblatt‹, nachdem ich siebenundzwanzigmal darin vertreten sein durfte, einen Klapf, daß ich hinausflog. In Deutschland scheinen keine Chancen mehr für mich zu blühen; ebenso verhält sich die Tschechoslowakei abwartend-kühl, sehr reserviert, und nun frage ich mich, ob ich Ihnen womöglich so etwas vielleicht lieber gar nicht hätte sagen sollen? Gegenüber Corrodi glaubte ich mich noch vor drei oder vier Wochen ziemlich protzig oder patzig oder bärentatzig benehmen zu können. Was meine Situation betrifft, so bin ich in Sachen ›Staat‹ Oesterreich oder besser dem schönen Wien an der blondblauen Donau erbärmlich hereingefallen, wo es Gräfinnen zu geben scheint, die sich damit amüsieren, auf meine Manuscripte mit ihren hübsch beschuhten Füßchen zu treten. Ein gewisser ›Spiegel-Verlag‹, der womöglich eher ein sorgfältig verhülltes Bordell betreibt, als daß es ihm mit Literatur wirklich ernst ist, lud mich ein, ihm Einsendungen zu machen, und nun ist es, als existierte er überhaupt nicht; ich bekomme aus Wien nichts mehr zu hören. (An Max Rychner, 1927)

Ich habe erfahren, sehr verehrter Herr Doktor, daß es einen oder auch verschiedene Provozierungstricks gibt, die mir gegenüber gern angewendet werden, z. B. ein oder mehrere Arbeiten von mir zu akzeptieren, sie aber nie zu publizieren, d. h. dem Autor zu verstehen zu geben, daß Geduld eine gute Übung sei. (An Walter Muschg, 1926)

In gewisser Hinsicht herrscht, was beispielsweise den Verkehr mit Verlegern betrifft, eine geradezu epidemische, krankhafte, krankheitähnliche Unzuverlässigkeit. Man sendet z. B. einem Verleger, d. h. einem Menschen, der sich zunächst als Solchen aufspielt, eine Partie von Manuscripten, worauf er aufhört, irgend etwas von sich hören zu lassen. Man hat die Empfindung, es gebe nach allen erdenklichen Richtungen hin Mäuse- oder Wolfsfallen, d. h. Gruppen von Interessierten, die einem nur zu dem Zweck sich anbiedern, um sich wegen irgend etwas zu rächen. (An Resy Breitbach, 1927)

Ich schrieb einige merkwürdige und vielleicht sogar ziemlich grobe Briefe an sehr zartbesaitete, feinfühlige Leute, und die Zeitungen drucken mich, indes die Messieurs les éditeurs oder Herren Verlagsmeister nichts von mir wissen wollen, weil sie sorgenvoll, grämlich gedrückt, pessimistisch sind. Meine Kollegen haben den Verlegern bereits so viel Geld abgenommen, daß sie nun für den Walser, votre très dévoué ami, keins mehr haben. (An Resy Breitbach, 1925)

Mein Büchlein ›Die Rose‹ scheint mit Acht und Bann belegt worden zu sein. Rowohlt behandelt mich als ächter Germane infolge des Mißerfolges dieses Buches mit jeder erdenklichen Unartigkeit. (An Otto Pick, 1926)

Zsolnay ist doch eben einfach ein Romaneditorschurke, der wie ein Hase vor der Zumutung davonläuft, Lyrik veröffentlichen, d. h. verlegen zu sollen. Ich bin immerhin frohbewegt, d. h. einverstanden, wenn Sie mich gele-

gentlich dem Lausbuben empfehlen wollen, der, wie jeder übrige Verlegerschnuderbub, vor Gedichten zittert, was man ja begreifen kann. Wenn Sie dem Fötzelcheib schreiben, so tun Sie's bitte sehr kurz, ernst, großzügig, lieber prahlerisch als irgendwie bittend. Die Schriftsteller, die eine Lumpenbande in der Verleger Augen sind, sollten mit letzteren wie mit räudigen Schweinen umgehen. Seien Sie diesem Wiener-Kulturagent gegenüber, was mich betrifft, stolz, zart, nachlässig, hochtrabend. Ich würde diesem Schafseckel vorläufig kein Material vorlegen, ansonst er bloß in einen stinkenden Dünkel versänke. Es kommt eben meiner Meinung sehr drauf an, wie man sie behandelt. Und dann dünkt mich eine Buchausgabe so lange schön und interessant, als sie noch nicht stattfand. Jedes Buch, das gedruckt wurde, ist doch für den Dichter ein Grab oder etwa nicht? (An Max Brod, 1927)

Es gibt in Wien einen Verlag, den ich nicht näher zu bezeichnen brauche, und von dem ich kürzlich, d. h. in den eben verlaufenen Monaten, sozusagen angeödet worden bin. Das mag der seelische Grund sein, warum ich über Zahlnieirgendeinerechnung (»Szolnay«) oder wie er sich nennt, mich so abfällig äußerte. Vieles oder wenigstens manches reizt, enerviert einen eben. Beispielsweise hatte ich mit einem Zürcher-Verleger vor zwei Jahren auch Verdruß, so, als ginge es einem sonst in diesem Leben zu gut. (An Max Brod, 1927)

Einen Antrag, den mir Herr Korrodi dieses Frühjahr machte, wieder einmal feuilletonistisch in seinem berühmten Käseblatt zu wirken, einem Käseblatt, dem ich das nötige Hochachtungsmaß mit dem größten Vergnügen zolle, glaubte ich höflich ablehnen zu sollen, und zwar deßhalb, weil mir Herr Korrodi Sachen zurückgegeben hat, die in Prag gutbefunden worden sind, und weil er mir gegenüber manchmal etwas zu stark den strengen Herrn zu spielen beliebte. Ich bin ganz einfach bestrebt gewesen, ihm zu verstehen zu geben, daß ich es zur Zeit sehr gut ohne ihn und seinen einseitigurteilenden Anhang machen kann … Wohl weiß ich, daß mich zürcherische und andere gescheite Herrschaften sehr gern als Hirtenknaben, als träumerischen Weltentfremdeten auffassen und nehmen möchten, wogegen aber mir die Ausschließlichkeit einer solchen Dummkopfsrolle keineswegs paßt, zu der die nötigen Grundlagen in mir übrigens absolut fehlen. (An Frieda Mermet, 1927)

Sehr geehrter Herr.
Die Briefe, die Sie mir schreiben, sind sehr merkwürdig, und ihr Inhalt klingt wie Spott und Hohn. Sie können von mir doch nicht verlangen, daß ich Ihnen den Empfang einer Geldsumme anzeige, die ich nicht erhalten habe. Ich weiß nicht, was ich denken soll. Jedenfalls bin ich genötigt, Sie darauf aufmerksam zu machen, daß mir kein Pfennig von Ihnen bis heute zugegangen ist. (An den E. Rowohlt/K. Wolff Verlag, 1912)

Wohl werde ich mit schwerem Herzen nachgeben müssen, denn Ihre Gründe steigen groß wie Alpenkönige und Nationenfeinde aus Ihrem überzeugend gedichteten Brief vor meiner honorarhungerigen Novelleneinsenderseele herauf. Jedem andern als gerade Ihnen würde ich trotzen. Ihren Mut, meine Hoffnungen zu zerstören, bewundere ich, und indem es mir beliebt, zu Ihren Herabsetzungen und Minimallöhnen entweder mürrisch oder freudig Ja zu sagen, sage ich: »Gesunkener!« zu Ihnen und gewärtige die gesenkte, tief heruntergeschraubte, um die schönere Hälfte gebrachte Summe immer zum Glück noch herzlich gern, Sie verbindlich grüßend als Ihr
Robert Otto Walser
denn so heiße ich in der Tat mit vollem Namen. (An Max Rychner, 1924)

Auf der Suche nach einem verlorenen Sohn X

Ankündigung des Leseabends in Zürich am 8. November 1920 im kleinen Tonhallesaal

Der Lesezirkel

8. Jahrgang, 2. Heft — Zürich, November 1920

Inhalt:

Montag, den 8. November 1920
im kleinen Tonhallesaal

2. Abend des Lesezirkels Hottingen

Zwei Schweizerdichter

1. **Robert Walser:** Verse und kleine Prosa.
2. **Karl Stamm:** Seine Persönlichkeit und seine Lyrik, dargestellt von S. D. Steinberg.

Anfang 8 Uhr, Ende um 9½ Uhr

Eintrittskarten Fr. 6, 5, 4, 3 und 2: a) für Mitglieder bis Freitag im Bureau, Gemeindestraße 4, und bei Kuoni (Bahnhofplatz), b) für jedermann von Samstag bis Montag nachmittags 4 Uhr ebenda, ferner Montag abends von 7 Uhr an an der Tonhallekasse

Einmal in diesen Jahren wird er vom Lesezirkel Hottingen in Zürich zum Vorlesen aus seinen Werken eingeladen. Es freut ihn. Er erinnert sich gern an die Stadt seiner Lehr- und Wanderjahre zurück. Da hat er noch gerne gelebt. Irgendwelche Leute müssen ihn also dort doch noch kennen. Er fühlt sich aus der Vergessenheit, in die er gefallen ist, durch sie ein wenig erlöst. Ohne langes Fackeln nimmt er die Einladung an. Er sagt zu. Obwohl er sich, seit er nicht mehr in Berlin lebt, vor der Öffentlichkeit scheut, obwohl ihm schon beim Gedanken, vor anderen Menschen laut lesen zu müssen, die Zunge ganz schwer wird und Schulerinnerungen in alle Knochen fahren und obwohl er auch, wenn er sich das recht überlegt, keinen dem Anlaß entsprechenden Anzug besitzt, verspricht er zu kommen. Schüchterne Poeten gehören der Vergangenheit an, das weiß er. Wer ein Erfolgreicher sein will, muß vor der Menge die Hosen herunterlassen und sich als beredter Verkäufer der eigenen Ware entweihen. Eigentlich glaubt er von sich, daß er das nie tut.

Zu Fuß bricht er auf. Zweimal muß er unterwegs übernachten. So gewinnt er noch etwas Zeit, um sich mit der Vorstellung des Unvorstellbaren, das da auf ihn zukommt oder auf das er zugeht, vertraut zu machen. Was soll er denn eigentlich lesen? Er hat ein paar Manuskripte eingesteckt. Die scheinen ihm alle nicht passend. Die müssen alle ganz leise gelesen werden, weil sonst nicht gehört werden kann, was zwischen den Zeilen steht, was über und unter dem Gelesenen mitklingt, was aber das Wichtigste ist.

Nun gut. Es ist jetzt für solcherlei Überlegungen natürlich zu spät. Zürich liegt vor ihm. Es ist der Vorabend der Lesung. Die Dinge nehmen schon ihren Lauf. Er nächtigt bei einem Herrn Bodmer, dem Präsidenten der Lesegesellschaft. Aber bevor man zu Bett geht, bespricht man den morgigen Tag. Vor allem den Abend. Wie man sich denkt, daß er ablaufen soll. Das Drum und Dran. Das Vorher und Nachher. Vor allem die Sache selber, das Was, das Programm.

Dabei kommt es auch, auf Verlangen des Herrn Präsidenten,

zu einem Probegalopp. Das heißt, der Dichter hat Proben zu geben von seinem Können. Und da stellt es sich prompt heraus, daß dieses Können, bei genauerem Hinhören, eigentlich überhaupt nicht vorhanden ist. Während er nämlich, nach einigem Zögern, Verschiedenes vorliest, was, bei allem Vorbehalt grundsätzlicher Art, nach seiner Ansicht vielleicht in Frage käme, da heißt es plötzlich, er lese nicht gut genug, er könne, genauer gesagt, gar nicht lesen.

So daß es darüber zu einem Streit kommt. Und nach einem längeren Hin und Her, in dem es vor allem um die vermeintlich dadurch plötzlich in Gefahr geratene Zahlung und damit wieder einmal wie so oft um die Existenz geht, zu dem Beschluß, einen andern, einen dem Verein angehörigen Zeitungsredaktor, an seiner Stelle lesen zu lassen. Natürlich muß er sich, im Prinzip, ganz entschieden dagegen verwahren, aber in der Praxis ist es ihm gar nicht so unrecht, die Rolle, die ihm nicht liegt und die zu spielen unter seiner Würde gewesen wäre, einem anderen abzutreten. Womit nicht gesagt ist, daß er am Ende mit Absicht durch seine Prüfung gefallen ist. Das weiß nur er. Jedenfalls ist ihm mit der Verpflichtung zum Auftritt ein Stein vom Herzen genommen.

Und diesen auf ihn zukommenden Abend, in dem er der Mittelpunkt sein soll, ohne daß er etwas damit zu tun hat, läßt er sich nun nicht nehmen. So daß es zu dem unglaublichen Fall kommt, daß der Dichter, den zu hören alle gekommen sind, dem Publikum krank gemeldet, bequem in der vordersten Reihe sitzt und sich selbst zuhört. Aber noch unglaublicher ist: Niemand bemerkt es. Am Ende wird etwas geklatscht. Und der muntere Kranke klatscht unerkannt mit. So endet auch dieses Kapitel mit seiner Verkennung.

1920 *Seeland* erscheint, wenn auch mit Druckvermerk »1919«, erst jetzt bei Rascher, Zürich. Am 8. November Leseabend im Kleinen Tonhallesaal in Zürich, bei der aber ein Redakteur der *Neuen Zürcher Zeitung* Walsers Texte liest und er selbst unerkannt unter den Zuhörern sitzt.

1921 Übersiedlung von Biel nach Bern. Für einige wenige Monate als zweiter Bibliothekar am Berner Staatsarchiv. Arbeit am später verschollenen Roman *Theodor*.

1922 Am 8. März im Lesezirkel Hottingen in Zürich Lesung aus dem Roman *Theodor*. Anschließend für acht Tage Gast des Malers Ernst Morgenthaler in Wollishofen bei Zürich.

Die Tonhalle in Zürich, um 1919

So endet
auch
dieses Kapitel
mit seiner
Verkennung

Soeben komme ich von einem Dichtervortragsabend heim. Dem Dichter gelang es, ein gewisses Erbarmen einzuflößen, indem sich sein Anzug nicht frei von Bemängelungswürdigkeit zeigte. (…) Seine Verse trug er mit beinahe erloschener oder gestorbener, einer gleichsam winterstillen und -kahlen Stimme vor, die gewissermaßen an ein Hündchenwinseln oder Sperlingspiepsen mahnen zu wollen schien. Nicht unbeachtet wurde gelassen, daß seine lange, leidende, bebende Hand fieberhaft zitterte, als sei sie ein zappelndes Herbstbäumchen. (…) Des Dichters Haar war meiner Meinung nach nicht ganz einwandfrei gescheitelt, und die Gedichte, die er zum besten geben zu dürfen meinte, gefielen ihm einst selbst, als er sie schrieb, sehr; doch jetzt, als er sie rezitierte, taten sie dies eigentümlicherweise nicht mehr. Beinahe möchte man sich zusagen erlauben, die Gedichte des sonst sicher verhältnismäßig gewiß recht sehr sympathischen Dichters hätten in seinem Mund getönt, als seien sie über sich selbst enttäuscht gewesen, als hätten sie große, erschrockene Augen bekommen. Auf das nicht allzu zahlreich erschienene Publikum übertrug sich, wie man gern würde verlauten lassen wollen, ein Verlassenheitseindruck, dadurch, daß sich die anwesenden Menschen einsam vorkamen, weil die Gedichte wie aus Einsamkeiten hervorzuspazieren schienen. An sich freilich glichen die lieben Gedichte der Lieblichkeit eines Frühlings; da jedoch der Dichter in einem fort ziemlich ängstlich dreinschaute, mit anderen Worten ein Winterlandschaftsantlitz zu seinen Frühlingsblumendarbietungen machte, verging für die schönen Wesen der Sommer nur zu schnell. Indem er sie eins nach dem anderen vorlas, sanken sie welkend um, ohne daß eines Zuhörers oder einer Zuhörerin Augen deswegen naß wurden. Einmal zupfte sich der Niedlichkeitenauseinanderbreiter an seiner an sich ohne Zweifel keineswegs unansehnlichen Nase, womit er anzudeuten bemüht zu sein schien, er habe an seinen Gedichten gezweifelt, als er sich entschloß, sie der geehrten Mitmenschheit nicht vorzuenthalten, sondern anzuvertrauen. Er lächelte, und sein Lächeln stellte eine herunterstürzende Obenangekommenheit und ein emporstrebendes sich im Grunde unten überaus Wohlaufgehobenwissen dar. »Warum trage ich hier vor?« fragte seine Vortragsweise. (Vortragsabend, 1927/28)

Der Lesezirkel

8. Jahrgang (1920/21) ♦ 2. Heft

Jährlich 12 Hefte

Verlag des Lesezirkels Hottingen Zürich

Robert Walser – Karl Stamm

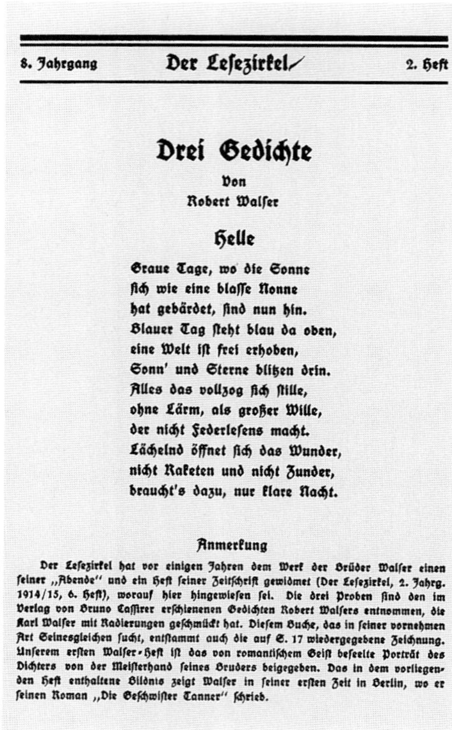
8. Jahrgang | Der Lesezirkel | 2. Heft

Drei Gedichte

von

Robert Walser

Helle

Graue Tage, wo die Sonne
sich wie eine blasse Nonne
hat gebärdet, sind nun hin.
Blauer Tag steht blau da oben,
eine Welt ist frei erhoben,
Sonn' und Sterne blitzen drin.
Alles das vollzog sich stille,
ohne Lärm, als großer Wille,
der nicht Federlesens macht.
Lächelnd öffnet sich das Wunder,
nicht Raketen und nicht Zunder,
braucht's dazu, nur klare Nacht.

Anmerkung

Der Lesezirkel hat vor einigen Jahren dem Werk der Brüder Walser einen seiner „Abende" und ein Heft seiner Zeitschrift gewidmet (Der Lesezirkel, 2. Jahrg. 1914/15, 6. Heft), worauf hier hingewiesen sei. Die drei Proben sind den im Verlag von Bruno Cassirer erschienenen Gedichten Robert Walsers entnommen, die Karl Walser mit Radierungen geschmückt hat. Diesem Buche, das in seiner vornehmen Art Seinesgleichen sucht, entstammt auch die auf S. 17 wiedergegebene Zeichnung. Unserem ersten Walser-Heft ist das von romantischem Geist beseelte Porträt des Dichters von der Meisterhand seines Bruders beigegeben. Das in dem vorliegenden Heft enthaltene Bildnis zeigt Walser in seiner ersten Zeit in Berlin, wo er seinen Roman „Die Geschwister Tanner" schrieb.

Eine Fabrik zur Gewöhnlichmachung des Ungewöhnlichen scheint im Gang. Schüchterne Poeten gehören der Vergangenheit an. Werde auch ich am Vortragstisch erscheinen und entweiht sein? Bis dahin glaub' ich steif und fest, ich tu' es nie. (Eine Ohrfeige und Sonstiges, 1925)

Im Besitz Ihres Einladungsschreibens lasse ich Sie einstweilen höflich wissen, daß ich gern zum Auftreten im Rahmen Ihrer geschätzten Vereinigung bereit bin. Die Darbietung in Bernhard Mosers Gesellschaft würde also im Januar nächsten Jahres stattfinden. Sehr schön! Darf ich mir die übrigens sicher unbedeutende Frage gestatten, weshalb Sie mich gerade mit Moser zusammen Ihrem verehrlichen Publikum vorzustellen denken? Im Allgemeinen habe ich indessen deswegen nicht die kleinsten Bedenken, wohl aber immerhin wegen meines Übungsmangels im öffentlichen Lesen, indem ich

20

unserer Gewinnsucht ist nichts zu erwarten, das werd' ich wohl wissen.

Soll ich beten gehen, oder soll ich tanzen? Wer sagt es mir? Ich will mir alles, was wichtig ist, selber sagen.

Alle sind einsam und wünschen zusammenzuhängen, allerlei Fäden leiten zu Dingen hin, die immer gleich sind. Hat nicht jeder etwas Liebes, beschäftigt nicht jeden etwas, und genügt das nicht?

Robert Walser's Lebenslauf

Erzählt von ihm selber

Walser kam am 15. April 1878 zu Biel im Kanton Bern als zweitletztes von acht Kindern zur Welt, besuchte bis zum vierzehnten Altersjahre die Schule und erlernte hierauf das Bankfach, reiste siebenzehnjährig fort, lebte in Basel, wo er bei Von Speyr & Co. tätig war, und in Stuttgart, wo er Stellung bei der „Union", Deutsche Verlagsanstalt, fand. Nach Ablauf eines Jahres wanderte er über Tübingen, Hechingen, Schaffhausen usw. nach Zürich, arbeitete bald im Versicherungs-, bald im Bankwesen, wohnte sowohl in Außersihl wie auf dem Zürichberg und schrieb Gedichte, wobei zu sagen ist, daß er dies nicht nebenbei tat, sondern sich zu diesem Zweck jedesmal zuerst stellenlos machte, was offenbar im Glauben geschah, die Kunst sei etwas Großes. Dichten war ihm in der Tat beinah heilig. Manchem mag das übertrieben vorkommen. Waren die Ersparnisse aufgezehrt, so bewarb er sich jeweilen wieder um ein passendes Engagement und kam auf diese Weise in die Städte Thun und Solothurn, wo es ihm ungemein behagte. Wem könnte es an so schönen, von Bergen umrahmten Plätzen anders als bestens gefallen? Denn haben wir da nicht einerseits ein mittelalterliches Schloß, anderseits die stilvollste Barock-Kathedrale? Nicht lang, so treffen wir ihn wieder in Zürich. Es scheint, er habe daselbst zeitweise an der Trittligasse in einer allerliebsten, gartenhäuschenhaften Wohnung, bestehend aus zwei Stuben, gelebt, und es seien ihm hier Prosastücke entstanden, die

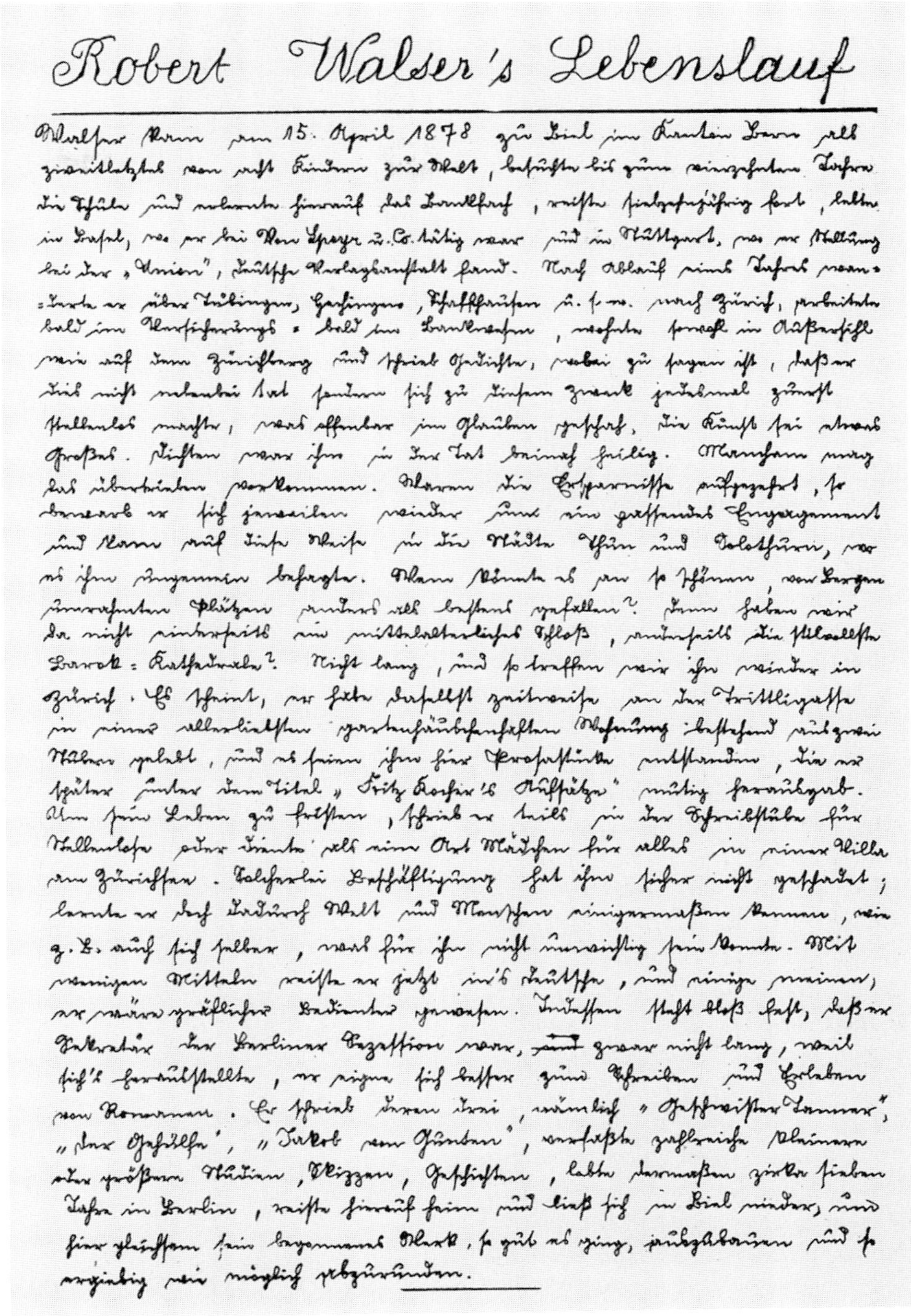

Linke Seite: Titelblatt der Zürcher Zeitschrift *Der Lesezirkel*, November 1920, in der Gedichte von Robert Walser sowie ein von ihm selbst geschriebener Lebenslauf (oben) erschienen

Dichter, nicht aber ein ausdrücklicher Sprecher bin. Ich werde vielleicht anläßlich der Vorlesung ziemlich viel Scheu zu überwinden haben, und es kann sein, daß ich schlecht lesen werde. Das bißchen Aufrichtigkeit, in dessen Besitz ich mich weiß, verpflichtet mich, Ihnen zu empfehlen, sich die Sache, nachdem ich mich Ihnen leicht charakterisiert habe, zu überlegen. Ich bin nun einmal ganz und gar kein Gesellschaftsmensch, einsiedlere schon seit Jahren, wie dies ja bei einem Dichter erklärlich ist. (An Adolf Schaer-Ris, 1927)

… kurz und gut, ich bin der sehr höflichen Meinung, Dichtervortragsabende seien in erster Hinsicht Gesellschaftsanlässe, bildeten für die gebildeten Zirkel ein Vergnügen, aber dabei hätten solche Veranstaltungen das Eigentümliche, daß sie einem Dichter ebenso gut schaden wie nützen können. Anläßlich solch eines Sich dem Publikum Vorstellens wird vielleicht riesig gern scharf kritisiert, und ein Dichter kann bei solch einer Gelegenheit um die Hälfte seines Ansehens kommen oder vollständig gebodigt und erledigt werden … (…) Wir wissen dies ja alle. Ohne mich lange bei Einzelheiten aufzuhalten, um Sie nicht zu ermüden, muß ich Sie in ideeller Hinsicht dadurch aufklären, daß ich Ihnen zu bedenken gebe, daß mein Name durchaus keinen Schild, kein festes Haus, keine Burg bildet, ich muß mir mein bißchen Ansehen jeweilen stets wieder frischweg erarbeiten. (An Adolf Schaer-Ris, 1927)

Hinsichtlich des Geschmäuses mit Zürich und Thun bitte ich Sie, nicht so sehr an Übermut meinerseits zu glauben, als vielmehr nur an den Umstand, daß ich es nicht liebe, Hans in allen Gassen zu sein, was ich auch gar nicht für sehr vorteilhaft halte. (An Frieda Mermet, 1927)

Mich berührt übrigens die Tatsache angenehm, daß ich hier noch von so gut wie niemand verstanden worden bin, was eine der Ursachen ist, weshalb ich mich mit ungestörtem Vergnügen hier aufhalte. Begreifende greifen in uns hinein, tun uns mit ihrem Verstehen weh. (Die Stadt und die Geliebte, 1927/28)

In Zürich sollte ich einmal aus meinen bisherigen Werken vorlesen, aber der Vorsteher des literarischen Zirkels behauptete, ich könne noch gar nicht deutsch reden. (An Resy Breitbach, 1925)

Obschon ich weder eine bewegliche Zunge noch einen stattlichen Anzug besaß, verließ ich neulich am frühen Morgen mein Zimmer, um nach Zürich zu wandern, wo ich eine Vorlesung abhalten sollte. »Lesen«, sprach ich zu mir, »ist sicher nicht so schwer, und ein passendes Kostüm wird aufzutreiben sein.« (…)
Wie ich nun so durch die feine Stadt ging, schöne, edle Gebäude sah, altbekannte Straßen grüßte, allem Leben aus der Seele gut war und nicht wußte, wie ich mich in die bevorstehende Angelegenheit zu finden habe, kam jemand auf mich zu, den ich kannte und auch gleich bat, mir die Rolle, die mir nicht liege, abzunehmen, und der andere willigte ein.
Als nun die Stunde da war, saß der, der vorlesen sollte, unauffällig unter den Zuhörern, und jener trat hervor und las aus des ersteren Büchern, und alles ging gut; es wurde geklatscht, und ich klatschte mit; weshalb hätte ich's nicht tun sollen? War's mir doch, als säße ich da wie irgendein Beliebiger und mein Kamerad läse Dinge, die mir völlig neu seien. Wie überraschte es mich, daß es sich so nett anließ, und wie freute ich mich, spüren zu dürfen, daß die Leute alle in ihrem Innern Befriedigung fühlten. Ich war es nicht und war's doch, und es war nicht mein und doch wieder niemand anderes Werk als meines. (Der Leseabend, 1921)

Auf der Suche nach einem verlorenen Sohn XI

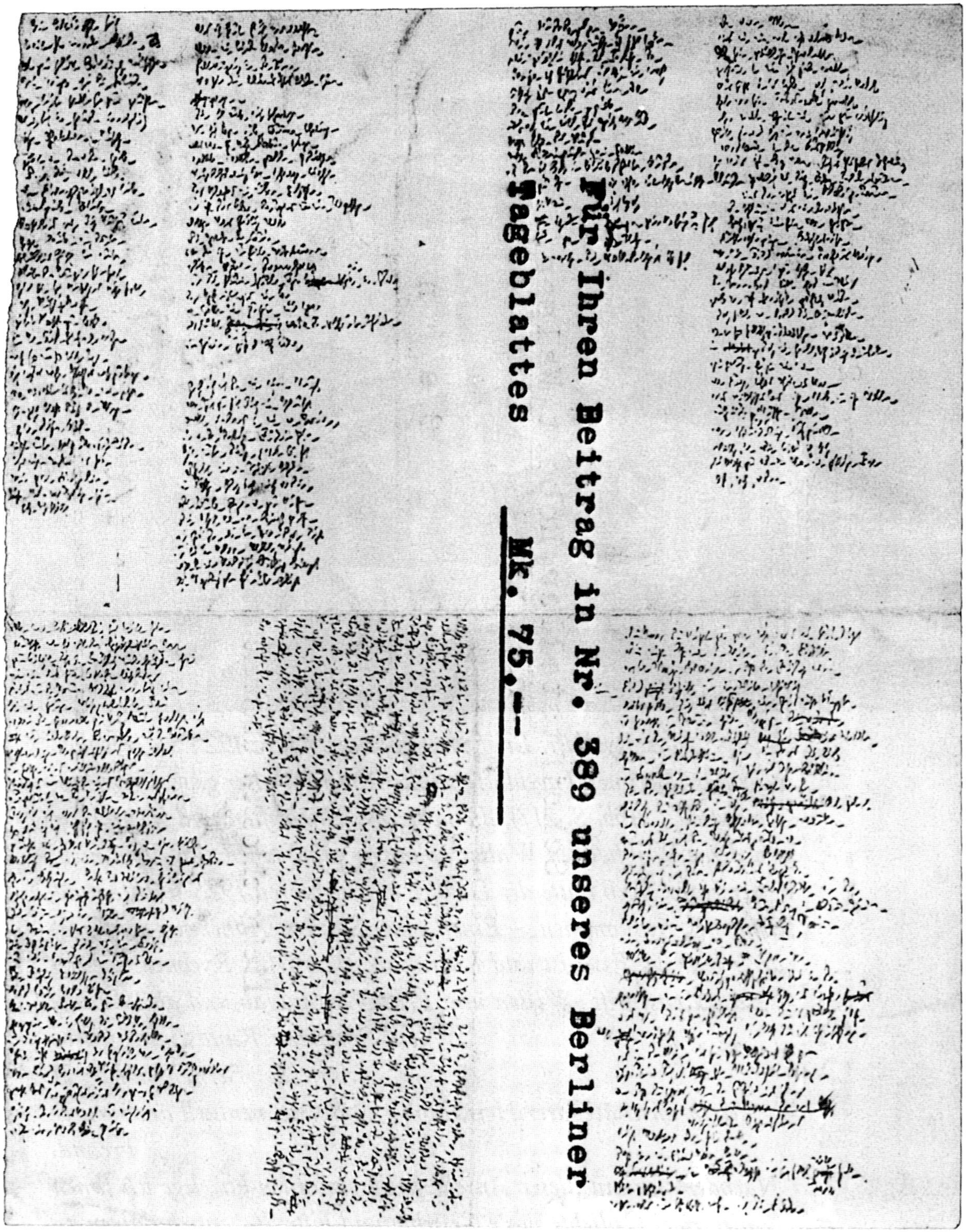

Für Ihren Beitrag in Nr. 389 unseres Berliner Tageblattes

Mk. 75.--

Schreiben, oder Stückliverfertigen, wie er es nennt, ist für ihn immer beides: sich offenbaren und sich verbergen. Sich verbergen natürlich in der kindlichen Hoffnung, wie beim Versteckspiel von den andern gesucht und am Ende gefunden zu werden.

Schon immer hat er sich in den großen, weiten Wäldern der Sprache versteckt, hinter den Bäumen und Sträuchern seiner verästelten, weitausladenden Einbildungskraft. Im Unterholz seiner wildwachsenden, wuchernden Phantasie. In den Gruben und Höhlen seiner Abgründigkeiten. An den Kreuzwegen der Paradoxie. Auf den Schleichwegen und Hohlwegen der Hinterhältigkeiten und Boshaftigkeiten. In den Schluchten seiner hochjauchzenden Traurigkeit. Auf den Lichtungen seiner himmeltraurigen Freude. Unter den vielfältigsten Tarnungen der Ironie. Er schickt die Seele voraus und geht hinter ihr her, so daß er sich selbst nicht verirren kann. Er lockt. Er legt Fährten an. Richtige, falsche, man kann sie nicht unterscheiden. Täuscht. Stellt Fallen auf. Führt an der Nase herum.

Jemand liebt ihn, davon später mehr, kann er uns plötzlich eröffnen, aber er löst das Versprechen in der Folge nicht ein. Er selbst nimmt sich vor, sich auf dem Wege der Lieblosigkeit auf dem Gebiet der Liebe auszuzeichnen. Zurückweichend vorwärtszuschreiten. Man spaßt furchtbar gern über das, was man schön findet und liebhat, und wovor man Ehrfurcht empfindet, setzt man herab, vertraut er einer Verwirrten an. Saudumm und gottvoll findet er das Leiden, das mit dem Lieben verbunden ist. Wie soll sie das denn verstehen? Rasch und unentschlossen, wild und zahm, zart und grob, stürmisch und langweilig, tief und gedankenlos, umwunden und unumwunden ist er. Ein Frauenfeind erster Güte, der keinem weiblichen Wesen ein Haar krümmt. Nichts liebt er mehr, als einem Menschen, den er in sein Herz geschlossen hat, ein ganz falsches Bild von sich zu geben. Zu scheinen, was er nicht ist, zu sein, was er nicht scheint. Scheint er ernst, meint er es lustig, scheint er zu scherzen, ist es ihm ernst. In der Tat verfügt er über die Sorgfältiggekämmtheit eines Zukunftsträchtigen

Bleistift-Mikrogramm von Robert Walser auf einer Quittung

ebenso wie über die Selbstvernachlässigtheit eines Abgeschriebenen. Der hier steht und spricht, muß als eine höchst individuelle Individualitätslosigkeit betrachtet werden, charakterisiert er sich stolz und mit Verachtung. Er ist nicht zu fassen. In einem Netz von unwiderlegbaren Widersprüchen verstrickt er sich. In einem feinen Gespinst aus feingesponnenen Fäden spinnt sich der zukünftige Schmetterling ein.

Das alles ist natürlich nicht wörtlich gemeint, sondern schriftlich. Schlangenmenschhaft biegt er sich zwischen die eigenen Zeilen. Denn da ist es, auch wenn die Sätze einen doppelten Boden haben, sehr eng, sehr ziseliert, sehr verschnörkelt, gewunden, gerankt. Er muß sich kleinmachen. Im Sichkleinmachen ist er so virtuos wie kein zweiter. Selbst auf dem Hochseil seiner Satzakrobatik bleibt er ein Selbstverschnürungs- und Selbstverpackungskünstler von Weltformat. Von Abstürzen selbst unter den widrigsten Umständen ist nichts bekannt.

Er ist ein Meister der kleinen und kleinsten Form. Das Verniedlichen, das Vernichtseln, wie es auf gut Schweizerdeutsch heißt, das Verharmlosen betreibt er, als wäre Ruhm damit zu erlangen. In der Kunst, aus Elefanten Mücken zu machen, ist er ein großes Genie. Zum Beispiel ein Robertchen Walserchen aus Robert Walser. In der Anwendung der Verkleinerungsform geht er über das Maß selbst der helvetischen Gepflogenheiten bei weitem hinaus. Er ist ein Bahnbrecher im Durchsetzen künstlerischer Artigkeiten und Nettigkeiten. Den Schulaufsatz in den Stand der Literatur erhoben zu haben ist sein pionierhaftes Verdienst. Die Ornamentik, das Dekorative, der Nebensächlichkeitsstil sind ohne ihn nicht zu denken. Bei ihm stehen Sätze, die wie Fußnoten klingen zu anderen Sätzen, die aber nicht dastehen, die man sich denken muß. Nebensätze sind Hauptsätze, Hauptsätze sind Nebensätze. Vom Wichtigsten, von sich selbst, lenkt er ab. Besteht nicht die Schriftstellerei gerade darin, das Wichtige, das man unbedingt gesagt haben will, so lange wie möglich vor sich herzuschieben und statt dessen vorläufig von etwas zu schreiben, das einem ganz unwichtig ist? Durch die Schrift den Zugang zum Schriftsteller immerfort zu verstellen? Er hat jedenfalls Umgang mit solchen Gedanken.

Wunderbare Selbstbildnisse entwirft er – über andere Künstler. Über Kleist, Hölderlin, Lenau, andere, jedenfalls Dunkle. Hinter seinen Vorgängern verbirgt er sich, damit man in ihnen den Nachkömmling findet. Um sich selber als um den heißen Brei schreibt er herum. So drückt er es aus. Von Zeit zu Zeit zerreißt er ein Manuskript. Oder er wirft es auch unzerkleinert in den Papierkorb.

Dann führt er die Bleistiftmethode ein. In der Vorläufigkeit und Ausradierbarkeit des mit Bleistift Skizzierten fühlt er sich eher zu Hause als in der Tinte. Die Tinte ist ihm zu gravitätisch, zu feierlich unauslöschbar, zu endgültig. Das Endgültige, dieses Einfürallemal macht ihm Angst. Das Blasse, Weiche, leicht Übersehbare der Bleistiftschrift paßt besser zu seinen Zwecken. Was sind seine Zwecke?

Dann wird diese Bleistiftschrift immer kleiner. Immer niedriger, immer enger. Er will keine großen Worte mehr machen. Papierschnitzeln, die er mit der Schere zurechtschneidet, vertraut er die letzten Botschaften an. So winzig am Ende, daß er sie selbst nicht mehr lesen kann. Was soll er sie lesen? Er weiß es ja, was er zu sagen gehabt hätte. Und die anderen sind seiner Spur nicht gefolgt. Wie er sich umschaut, sieht er ins Nichts. Weit und breit keiner, der nach ihm sucht.

1923 Im Juni Spitalaufenthalt wegen Ischias. Im Herbst Wanderung von Bern nach Genf.
1924 Im Winter Arbeit an den *Felix*-Szenen.
1925 *Die Rose*, Walsers letztes, von ihm selbst herausgegebenes Buch, erscheint bei Rowohlt, Berlin. Arbeit am *Räuber*-Roman. Im September Ferienaufenthalt mit Frieda Mermet in Murten. Beginn des Briefwechsels mit der jungen, 1908 geborenen Rheinländerin Therese Breitbach, einer Schwester des Schriftstellers Joseph Breitbach, die er nie persönlich kennenlernt.
1928 Am 15. April 50. Geburtstag des vollkommen vereinsamten Dichters.

Er will keine großen Worte mehr machen

Robert Walser, 1928

Besteht nicht Schriftstellern vielleicht vorwiegend darin, daß der Schreibende beständig um die Hauptsächlichkeit herumgeht oder -irrt, als sei es etwas Köstliches, um eine Art heißen Brei herumzugehen?
Man schiebt schreibend immer irgend etwas Wichtiges, etwas, was man unbedingt betont haben will, auf, spricht oder schreibt vorläufig in einem fort über etwas anderes, das durchaus nebensächlich ist. (Der heiße Brei, 1926/27)

Man kann meiner Meinung nach einem Schriftsteller nicht verbieten, zu tun oder zu sprechen, als sei er ein anderer. Formfragen sind sicher keineswegs unwichtig. (Einiges aus meinen Jugendjahren, 1927/28)

Ich glich einem Kinde, das sich verirrt hatte und nun beinah' weinte, obschon es die Lippen zu einem spöttischen Lächeln verzog. Sind Spott und Sehnsucht nicht nah verwandt? (Ein Poet, 1920)

Nichts ist mir angenehmer, als Menschen, die ich in mein Herz geschlossen habe, ein ganz falsches Bild von mir zu geben. Das ist vielleicht ungerecht, aber es ist kühn, also ziemt es sich. Übrigens geht das bei mir ein wenig ins Krankhafte. So zum Beispiel stelle ich es mir als unsagbar schön vor, zu sterben, im furchtbaren Bewußtsein, das Liebste, was ich auf der Welt habe, gekränkt und mit schlechten Meinungen über mich erfüllt zu haben. Das wird niemand verstehen, oder nur der, der im Trotz Schönheitsschauer empfinden kann. (Jakob von Gunten, 1909)

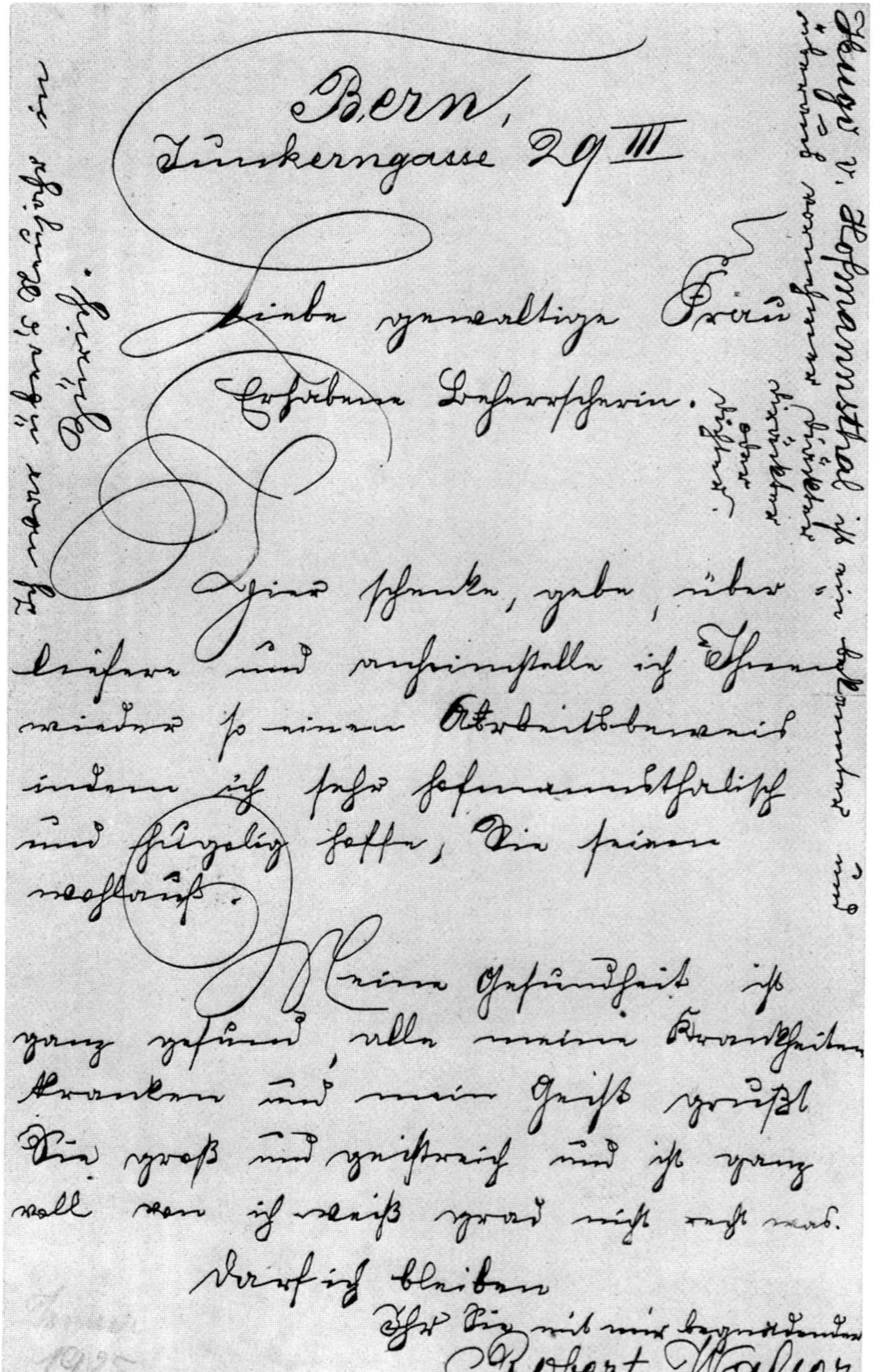

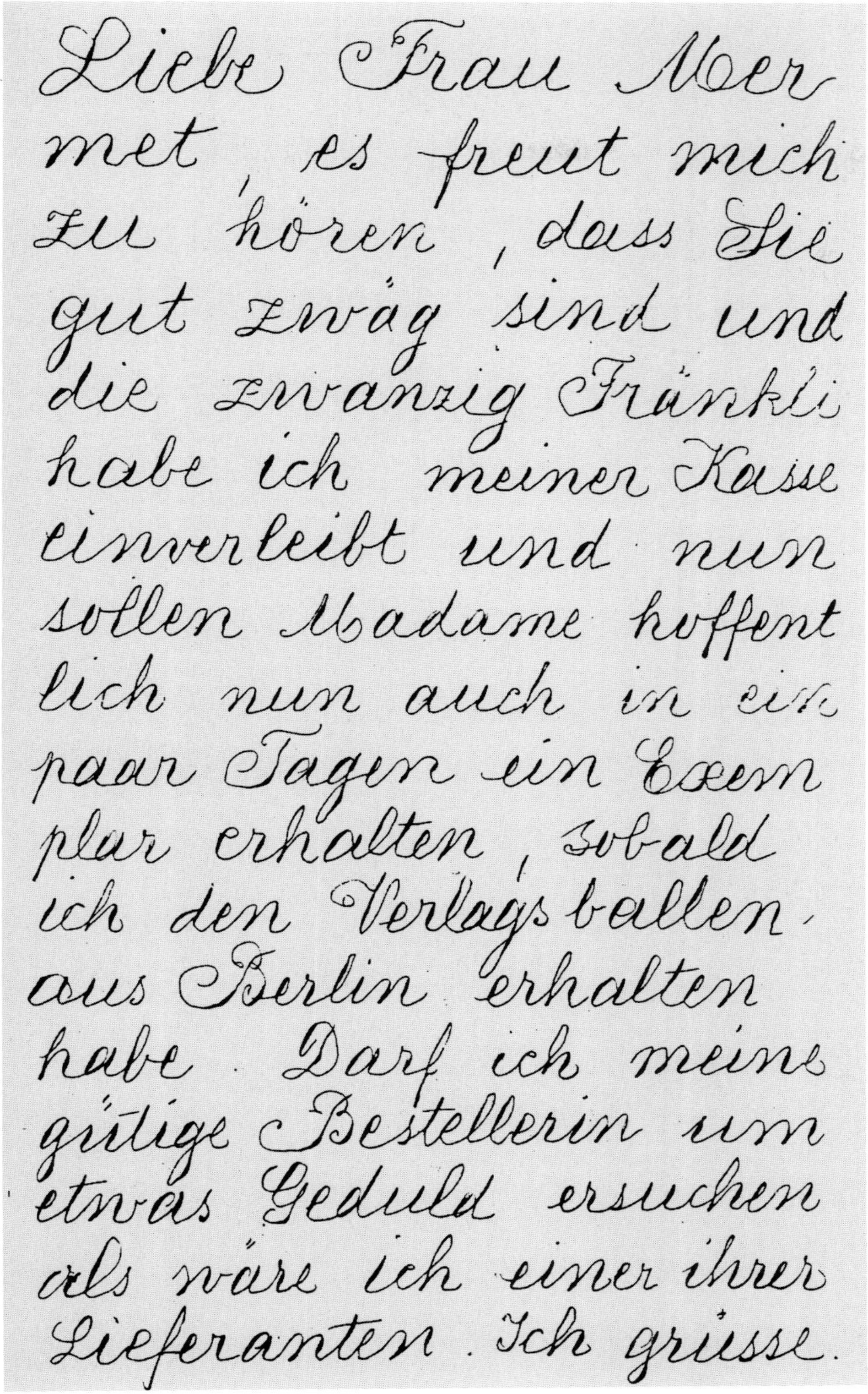
Liebe Frau Mer-
met, es freut mich
zu hören, dass Sie
gut zwäg sind und
die zwanzig Fränkli
habe ich meiner Kasse
einverleibt und nun
sollen Madame hoffent
lich nun auch in ein
paar Tagen ein Exem
plar erhalten, sobald
ich den Verlagsballen
aus Berlin erhalten
habe. Darf ich meine
gütige Bestellerin um
etwas Geduld ersuchen
als wäre ich einer ihrer
Lieferanten. Ich grüsse.

Er hielt sich mitunter für einen Zauberer. Zauberte er aber einst zielsicher, d. h. auf naive Art, als spiele er auf der Flöte seines Unbewußtheitsreichtums, was eine vielleicht etwas unalltägliche Ausdrucksweise sein mag, so glich jetzt sein Zaubern eher einem nörgeligen Zaudern als einem fröhlichen Ausschreiten in die Lebensebene. (Herbst II, 1927)

In bezug auf die Sprache gehört es mit zu ihrer Schönheit, daß sie sich, wenn sie versagt, wirksam zeigt, im Verstummen zu verstehen zu geben fähig ist, sie sei da. (Mutter und Kind, 1929)

Ich schreibe das Prosastück, das mir hier entstehen zu wollen scheint, in stiller Mitternacht, und ich schreibe es für die Katz, will sagen, für den Tagesgebrauch. (...)
Ich nenne die Mitwelt Katz; für die Nachwelt erlaube ich mir nicht, eine familiäre Bezeichnung zu haben. (Für die Katz, 1928/29)

Falls ich nun noch von mir selbst etwas vorbringen darf, so berichte ich, wie mir einfiel, meine Prosa jeweilen zuerst mit Bleistift aufs Papier zu tragen, bevor ich sie mit der Feder so sauber wie möglich in die Bestimmtheit hineinschrieb. Ich fand nämlich eines Tages, daß es mich nervös mache, sogleich mit der Feder vorzugehen; und mich zu beschwichtigen, zog ich vor, mich der Bleistiftmethode zu bedienen, was freilich einen Umweg, eine erhöhte Mühe bedeutete. Da jedoch für mich diese Mühe gewissermaßen wie ein Vergnügen aussah, so schien mir, ich würde dabei gesund. In meine Seele kam jedesmal ein Lächeln der Zufrie-

denheit, etwas auch wie ein Lächeln anheimelnder Selbstbespöttelung, darum, daß ich mich mit der Schriftstellerei so sorgfältig, vorsichtig umgehen sehen durfte. Mir schien unter anderem, ich vermöge mit dem Bleistift träumerischer, ruhiger, behaglicher, besinnlicher zu arbeiten, ich glaubte, die beschriebene Arbeitsweise wachse sich für mich zu einem eigentümlichen Glück aus … (Bleistiftskizze, 1926/27)

Ich erwähnte den Begriff Brouillon, womit ich Ihnen eigentlich eine ganze Schaffens- und Lebensgeschichte erzählt habe, denn Sie sollen erfahren, mein Herr, daß ich vor ungefähr zehn Jahren anfing, alles, was ich produziere, zuerst scheu und andächtig mit Bleistift hinzuskizzieren, wodurch der Prozeß der Schriftstellerei naturgemäß eine beinahe in's Kolossale gehende, schleppende Langsamkeit erfuhr. Ich verdanke dem Bleistiftsystem, das mit einem folgerichtigen, bureauhaften Abschreibesystem verquickt ist, wahre Qualen, aber diese Qual lehrte mich Geduld, derart, daß ich im Geduldhaben ein Künstler geworden bin. (An Max Rychner, 1927)

Ich gehe alle Tage im zur Zeit entzückend frischen Aarewasser baden, um nicht zu viel zu produzieren. Die literarischen Zustände zwingen mich, so langsam wie möglich zu arbeiten. Schriftsteller wachsen aus dem Boden heraus. (An Frieda Mermet, 1927)

Mir sind Menschen bekannt, die der Meinung sind, es werde zu viel geschriftstellert. Wie zum Beispiel auch zu viel gemalt.
Ich bin auch dieser Meinung, und da-

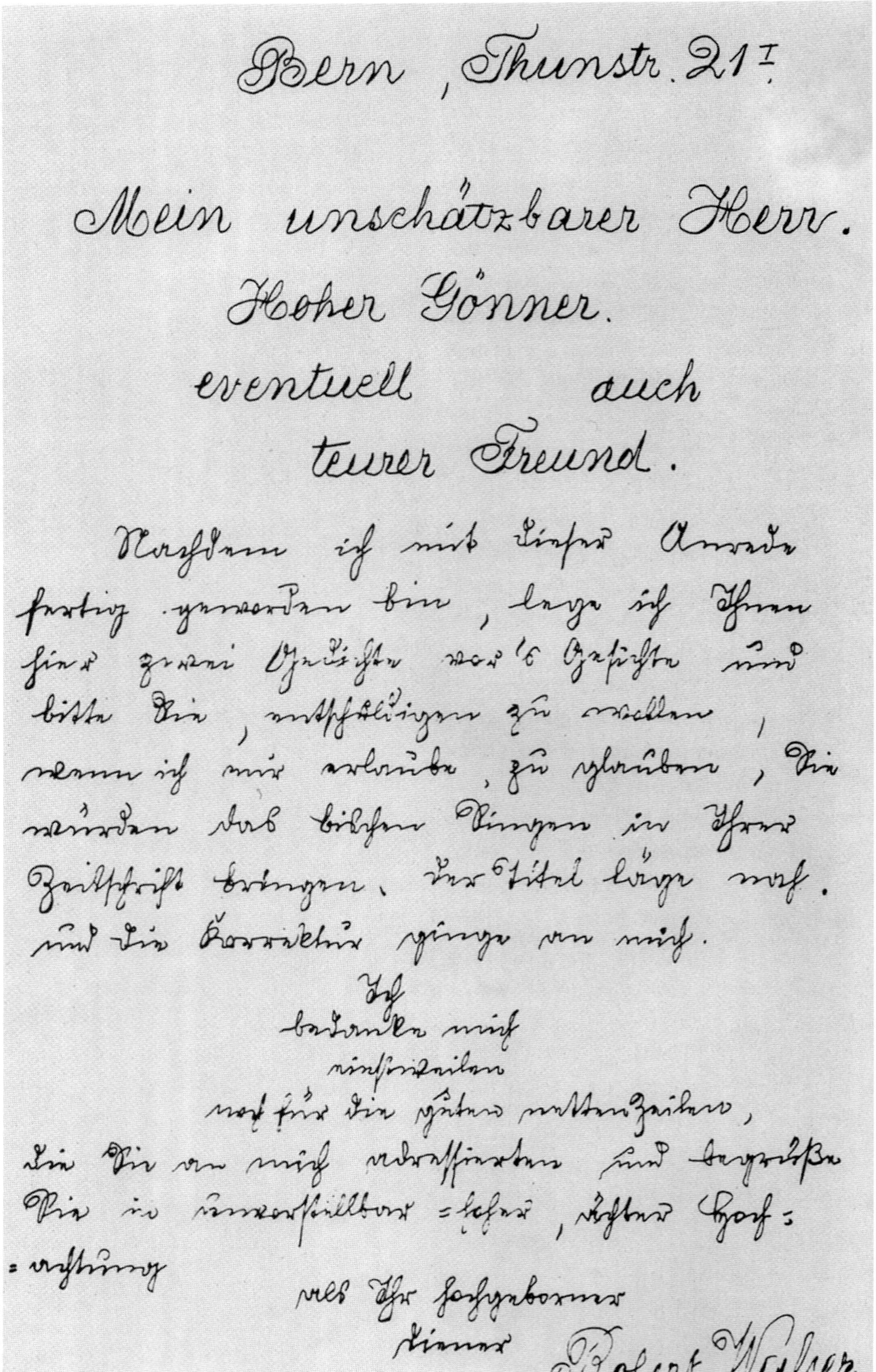
Bern, Thunstr. 21 I.

Mein unschätzbarer Herr.
Hoher Gönner.
eventuell auch
teurer Freund.

Nachdem ich mit dieser Arbeit fertig geworden bin, lege ich Ihnen hier zwei Gedichte und 6 Geschichten und bitte Sie, entschuldigen zu wollen, wenn ich mir erlaube, zu glauben, Sie würden das bißchen Dingen in Ihre Zeitschrift bringen. Der Titel lege noch. und die Korrektur ginge an mich.

Ich bedanke mich einstweilen noch für die guten [illegible], die Sie an mich adressierten und begrüße Sie in unverstellbar sehr, echter Hoch=achtung

als Ihr hochgeborner Diener Robert Walser.

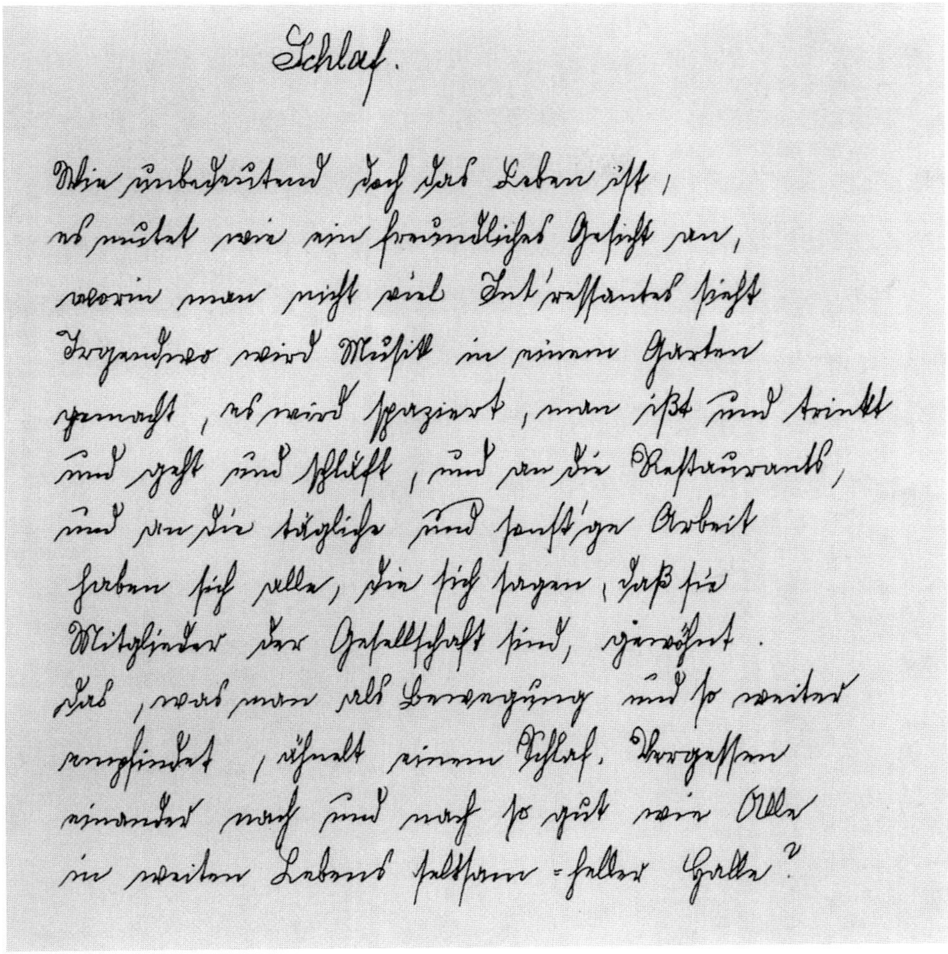

Schlaf.

Wie unbedeutend doch das Leben ist,
es mutet wie ein freundliches Gesicht an,
worin man nicht viel Int'ressantes sieht
Irgendwo wird Musik in einem Garten
gemacht, es wird spaziert, man ißt und trinkt
und geht und schläft, und an die Restaurants,
und an die tägliche und sonst'ge Arbeit
haben sich alle, die sich sagen, daß sie
Mitglieder der Gesellschaft sind, gewöhnt.
Das, was man als Bewegung und so weiter
empfindet, ähnelt einem Schlaf. Vergessen
einander nach und nach so gut wie alle
in weiten Lebens seltsam-heller Halle?

Wie unbedeutend doch das Leben ist, / es mutet wie ein freundliches Gesicht an, / worin man nicht viel Int'ressantes sieht. /Irgendwo wird Musik in einem Garten/ gemacht, es wird spaziert, man ißt und trinkt / und geht und schläft, und an die Restaurants, / und an die tägliche und sonst'ge Arbeit / haben sich alle, die sich sagen, daß sie / Mitglieder der Gesellschaft sind, gewöhnt. / Das, was man als Bewegung und so weiter / empfindet, ähnelt einem Schlaf. Vergessen / einander nach und nach so gut wie alle / in weiten Lebens seltsam-heller Halle?

Vorhergehende Doppelseite: Zwei Briefe an Frieda Mermet, Januar und Februar 1925. Linke Seite: Brief an Max Rychner, Februar/März 1925

Oben: Manuskript eines der ab 1925 entstandenen Gedichte

her beunruhigt mich der scheinbar zurzeit schlafende Schriftsteller Walser keineswegs. Mich freut vielmehr sein Verhalten. (Walser über Walser, 1925)

Von selbst versteht sich, daß ich jeweilen auf lichte Frühlingszeit ein fröhliches Frühlings-, auf die Herbstsaison ein bräunliches Herbst- und auf Weihnachten ein Weihnachts- oder Schneegestöberstück schrieb. Ich will derartiges künftig unterlassen und nie wieder tun, was ich zehn Jahre lang getan habe. Endlich habe ich unter die nachgerade erstaunlich große Rechnung den Abschlußstrich gezogen und bin mit einer Ausübung fertig geworden, wofür ich nicht schlau genug bin. (Das letzte Prosastück, 1919)

Ich wünsche also unbeachtet zu sein. Sollte man mich trotzdem beachten wollen, so werde ich meinerseits die Achthabenden nicht beachten. Die Niederschrift meiner bisherigen Bücher war keine erzwungene. Ich meine, daß Vielschreiben noch nicht ein reiches Schrifttum ausmacht. Möge man mir nicht mit den »früheren Büchern« kommen! Man überschätze sie nicht, und den lebenden Walser wolle man versuchen, zu nehmen, wie er sich gibt. (Walser über Walser, 1925)

Von nun an würde er natürlich in vielem sozusagen etwas einsam sein, ihm würde die vornehme Obliegenheit zufallen, sich unter Umständen mit der Vereinsamung möglichst gut, d. h. so elegant, unauffällig wie möglich abzufinden. (Ein Flaubert-Prosastück, 1926/27)

Dem Ruhm und allen ihm ähnlichen Dingen fragte ich jetzt nichts mehr nach; das Große schaute ich nicht mehr an. Eine Liebe für das ganz Kleine und Geringe hatte ich gewonnen, und mit dieser Art von Liebe ausgerüstet, dünkte mich das Leben schön, gerecht und gut. Mit Freuden verzichtete ich auf allen Ehrgeiz. (Tobold II, 1917)

… denn derjenige Schriftsteller hat am ehesten Aussicht, Erfolg zu ernten, der sich vor der Mit- sowohl wie Nachwelt möglichst klein macht … (Gnädige Frau, 1928/29)

Ja, er war müde geworden … Die Menschen hatten ihm mit zahlreichen Zumutungen gleichsam Wunden beigebracht. Er nannte seine Seele eine gejagte, geplagte. Immer diese Leistungen, die er hervorzubringen, verborgenem Edelmetall ähnlich aus der Eingeschlossenheit seines Wesens zu heben hatte. Diese fröhlichen Witze, anmutigen Anspielungen, die er für seine Pflicht hielt zu zeitigen. Wer anfängt, überlegen zu scheinen, macht sich zum Abhängigen seiner Ironie, die im Grund eine Überheblichkeit ist. Man sieht's ein, fährt jedoch fort. Wer ihn wegen Überarbeitetheit traurig sah, schaute ihn verwundert an und verstand ihn nicht. (…) Bis zu einer gewissen Grenze hatte er die und die anerkennungweckende Geschicklichkeit gezeigt. Damit war für eine Zeit lang gedient. Innerhalb des Rahmens, den er sich gezeichnet hatte, leistete er jedoch nachgerade stets annähernd nur wieder ein- und dasselbe, was ihn und Sich-für-ihn-Interessierende gleichgültig werden ließ. (Das Gebirge II, ca. 1932)

Flüchtig dachte ich an die Klage des Dichters, der mir zu schreiben für geeignet erachtet hatte, seine Existenz komme ihm wie ein zu oft ausgesprochenes Wort vor. (Autofahrt, 1928)

Auf der Suche nach einem verlorenen Sohn XII

Da mag er das Spiel nicht mehr spielen. Da zieht er sich ganz zurück. Aus den Wäldern der Sprache in die Wälder des Schweigens. In die Wälder von Herisau. Hinter die Mauern der psychiatrischen Anstalt. In das Geviert seines Wahns. Oder Wähnens. Stimmen verfolgen ihn, seit er die eigene Stimme verloren hat. Er hat gelernt, was ihm fehlt, zu erfinden. Jetzt hilft ihm die Krankheit, sich zu verbergen und sich zu bergen. Im Inkognito eines Irrenhauspatienten. Nach dem Gesetz ist die Heimatgemeinde des Vaters verpflichtet, für den Verarmten zu sorgen. Für den Rest des Lebens ist er versorgt.

Dabei geht es ihm gut. Er hat sich über nichts zu beklagen. Wie sonst auch steht er am Morgen auf und geht er am Abend zu Bett. Wie sonst auch ist es ihm unbenommen, ein gutes Essen gut, ein schlechtes schlecht zu finden. Er ist zwar unheilbar, aber gesund. Was will er denn noch? Als man ihn in eine bessere Abteilung verlegen will, lehnt er ab. Als man ihn fragt, ob er nicht bald einmal wieder in die Freiheit zurückwolle, versteht er die Frage nicht. Ist er denn hier nicht frei? Sein Heimweh geht nicht nach außen, sondern nach innen. Er mag gar nicht verstehen, daß die Welt es für ein Unglück oder gar Martyrium halten will, in einem bescheidenen Winkel von ihr dahinträumen zu können, ohne ständig ihre Ansprüche erfüllen zu müssen. Hat er denn nicht, was er will? Denkt er denn nicht, was er will? Tut er denn nicht, was er will? Nur die Zeit ist manchmal schwer zu vertreiben.

Dreiundzwanzig Jahre lang steht und geht er hier noch herum. Vollkommen nutzlos. Wie alle anderen nützlich. Bei der Reinigung der Schlaf- und Eßsäle, der Treppen und Gänge ist er ein selbstverständlicher, williger Helfer. Auch für das Falzen und Leimen von Tüten und Säcken oder zum Sortieren von Schnüren und zum Zupfen von Wolle ist er sich durchaus nicht zu gut. Was die anderen können, das kann er noch lange. Das gilt für ihn auch nach unten. Er will keine Extrawurst. Nur die Landwirtschaft und den Garten meidet er, wenn er kann, weil er sich mit dem Anstaltsgärtner nicht gut verträgt. Wenn er an die Luft will, geht er spazieren. Die Landschaft ge-

Die Heil- und Pflegeanstalt Herisau in Appenzell-Außerrhoden

fällt ihm. Ihm würde jede Landschaft gefallen. Voralpentopographie. Hinauf und hinunter. Keine Hügel mehr, noch keine Berge. Immer wieder streunt er als stiller, freundlicher Einzelgänger durch das Gelände. Immer wieder, jahre-, jahrzehntelang, hat er die gleichen Wege hinter und vor sich. Als ob nichts gewesen wäre, als ob es so sein müßte, dreht er im Windschatten der Welt seine Runden. Langsam wird er ein alter Mann.

Weiß er noch, wer er ist? Manchmal, an den runden Geburtstagen, und von denen gibt es noch viele, wird er an sich erinnert, weil sich von draußen jemand an ihn erinnert. Zeitungen ehren ihn. Ein Buch erscheint über ihn. Sachen von ihm werden wieder gedruckt. Der Anstaltsdirektor legt ihm diese spärlichen Zeugnisse einer Verehrung vor: Er nimmt sie nicht einmal wahr. Er liest sie nicht. Er liest andere, *Fliegende Blätter*, in denen es humorvoller zugeht. Andere Autoren, weniger hochgestochene, einfachere, die er in der Anstaltsbibliothek findet, leisten ihm jetzt Gesellschaft. Was von außen an ihn herankommt, erreicht ihn nicht mehr. Es geht ihn nichts an. Es hat mit ihm nichts zu tun. Das ist nicht mehr er, von dem man da schreibt.

Er selber schreibt jetzt nicht mehr. Keine Zeile, kein Wort. Er hat die Gedankengänge endgültig durch die Spaziergänge ersetzt. *Mi schwigt au e chli.* Man schweigt auch ein wenig. Das sagt er sich vor, während er geht. Wo steht das? Wo hat er das schon gehört? Hat er das einmal selber geschrieben? Sehr früh? Ganz zu Beginn? In diesen Szenen, in denen er sich im Teich …? Hat das nicht die Mutter gesagt? Ja, natürlich. Er hört ihre Stimme. Sie spricht wieder zu ihm, wenn er mit sich selber spricht. Und diesmal gehorcht er.

Einen Augenblick hält er still. Er horcht zurück. Dann geht er weiter. Er kann jetzt nicht stehenbleiben. So nah vor dem Ziel.

1929 Am 25. Januar, auf Veranlassung der Schwester Lisa, Eintritt in die Heilanstalt Waldau bei Bern.

1933 Überführung nach Herisau, in die Heil- und Pflegeanstalt seines Heimatkantons (durch den Geburtsort des Vaters) Appenzell-Außerrhoden, in der er bis an sein Lebensende bleibt. Ende der schriftstellerischen Arbeit.

1936 Erster Besuch des Kritikers und Schriftstellers Carl Seelig *(Wanderungen mit Robert Walser)* in Herisau. Beginn regelmäßiger gemeinsamer Wanderungen.

1943 Tod von Walsers Bruder Karl am 28. September.

1944 Tod der Schwester Lisa am 7. Januar. Seelig wird Walsers Vormund.

1947 *Robert Walser der Poet* von Otto Zinniker, die erste Biographie über den Dichter, erscheint.

1956 Am 25. Dezember stirbt Robert Walser auf seinem Weihnachtsspaziergang an einem Herzschlag.

Robert Walser in der Umgebung von Herisau, fotografiert von Carl Seelig, 1942

*Dreiund-
zwanzig Jahre
lang steht
und geht
er hier
noch herum*

Sehen Sie mich bitte einmal gründlich an. Entdecken Sie an mir vielleicht auch so etwas, das in der Familie liegen könnte? Muß ich auch ins Irrenhaus kommen? Das müßte ich ohne Zweifel, wenn es in der Familie läge, denn ich bin auch aus der Familie. (...) Nein, in der Familie kann es nicht liegen. Ich leugne das, solange ich lebe. Es ist einfach das Unglück. (Geschwister Tanner, 1907)

Hölderlin hielt es für angezeigt, d. h. für taktvoll, im vierzigsten Lebensjahr seinen gesunden Menschenverstand einzubüßen, wodurch er zahlreichen Leuten Anlaß gab, ihn aufs unterhaltendste, angenehmste zu beklagen. (Geburtstags-Prosastück, 1926)

Ich bin überzeugt, daß Hölderlin die letzten dreißig Jahre seines Lebens gar nicht so unglücklich war, wie es die Literaturprofessoren ausmalen. In einem bescheidenen Winkel dahinträumen zu können, ohne beständig Ansprüche erfüllen zu müssen, ist bestimmt kein Martyrium. (Nach Carl Seelig, Wanderungen mit Robert Walser, 1943)

Hoffentlich zürnen Sie mir nicht allzu sehr, daß ich Ihnen lange nicht schrieb, was daher rührt, daß ich jetzt außerhalb der Stadt in einer schöngelegenen Heilanstalt lebe. Ich bin vollständig gesund und zugleich sehr ernstlich oder erheblich krank ... (...) Meine Krankheit ist eine Kopfkrankheit, die schwer zu definieren ist. Sie soll unheilbar sein, aber sie hindert mich nicht, zu denken, an was ich Lust habe oder zu rechnen oder zu schreiben oder höflich mit den Leuten zu sein oder die Dinge, wie z. B. ein gutes Essen usw. zu konstatieren. (An Resy Breitbach, 1929)

Daß er dann und wann unter sich litt, scheint ziemlich sicher. (Bildnis eines Mannes, 1921)

Daß sich in einem von Haus aus ernsten Menschen etwas wie eine heimliche Tragödie abspielte, schien niemand notieren zu wollen, und so achtete also kein Mensch auf die, wie man sagen möchte, in jeder Art und Weise bizarre oder elegante Zerstörung seiner Seele. (Ein Zeitgenosse, 1928/29)

Was man erwartete und wegen seiner Kostbarkeit beinahe zu wünschen für gut fand, traf ein. Eine Krankheit ergriff ihn, der er nicht widerstand, von der er sich, Erinnerungen hinterlassend, fortführen ließ. (Der Kostbare, 1932/33)

Und dann, wenn seine Bücher auf dem Markt erscheinen! Alle Welt, bildet er sich in seiner dachstubigten Verlassenheit ein, springt danach und reißt sich um die hübsch eingebundenen oder sogar in braunes Leder gepreßten Exemplare. Auf dem Titelblatt steht sein Name, ein Umstand, der seiner naiven Meinung nach genügt, ihn überall in der runden, weiten Welt bekannt zu machen. Alsdann kommen die Enttäuschungen, die Zurechtweisungen in den Blättern, das Zischen zu Tode, das Verschweigen ins Grab hinein; unser Mann erträgt es eben. Er geht nach Hause, vernichtet alle seine Papiere, versetzt dem Schreibtisch einen furchtbaren Stoß, daß er umfliegt, zerreißt einen angefangenen Roman, zerfetzt die Schreibunterlage, wirft den Vorrat an

Schreibfedern zum offenen Fenster hinaus, schreibt seinem Verleger: »Sehr geehrter Herr, ich bitte Sie, aufzuhören, an mich zu glauben«, und segelt auf Wanderschaften. (Der Schriftsteller I, 1907)

Schon seit einiger Zeit zeigte er seiner Umgebung ein sozusagen verdutztes, verwundertes Gesicht, denn es begann einsam um ihn zu werden. (…) War er alt? Nein, noch nicht. Er befand sich vielmehr erst auf dem Gipfel der Jahre, nämlich im zirka drei- oder vierundfünfzigsten Lebensjahre. (Der Verbrauchte, 1930/31)

Mitten im ununterbrochenen Vorwärts hatte ich Lust stillzustehen. (Die Strasse I, 1919)

Ich stand so herum, mochte nicht recht vorwärtsgehen. Wenn ich ging, hieß es mich stillstehen, und stand ich still, so drängte es mich wieder vorwärts. (Abendgang, 1915)

Ich sollte eigentlich ganz allein auf der Welt sein, ich, Helbling, und sonst kein anderes lebendes Wesen. Keine Sonne, keine Kultur, ich nackt auf einem hohen Stein, kein Sturm, nicht einmal eine Welle, kein Wasser, kein Wind, keine Straßen, keine Banken, kein Geld, keine Zeit und kein Atem. Ich würde dann jedenfalls nicht mehr Angst haben. (Helblings Geschichte, 1913)

Es wurde Winter. Merkwürdig: die Zeit ging über alle guten Vorsätze ebenso sicher hinweg wie über die schlechten Eigenschaften, deren man nicht Herr werden konnte. Es lag etwas Schönes, Hinwegnehmendes und Verzeihendes

Vorhergehende Doppelseite:
Die Umgebung von Herisau
Linke Seite: Der Schriftsteller,
Übersetzer und Mäzen
Carl Seelig (1894–1962),
seit 1944 Walsers Vormund
Rechts: Robert Walser 1942.
Foto von Carl Seelig

in diesem Gehen der Zeit. Sie ging über den Bettler wie über den Präsidenten der Republik hinweg, über die Sünderin und über die Anstandsdame. Sie ließ vieles als klein und unbedeutend empfinden; denn sie allein stellte das Erhabene und Große dar. (Geschwister Tanner, 1907)

Ich stehe noch immer vor der Türe des Lebens, klopfe und klopfe, allerdings mit wenig Ungestüm, und horche nur gespannt, ob jemand komme, der mir den Riegel zurückschieben möchte. So ein Riegel ist etwas schwer, und es kommt nicht gern jemand, wenn er die Empfindung hat, daß es ein Bettler ist, der draußen steht und anklopft. Ich bin nichts als ein Horchender und Wartender, als solcher allerdings vollendet, denn ich habe es gelernt, zu träumen, während ich warte. (Geschwister Tanner, 1907)

Hie und da bilde ich mir zu meinem Vergnügen ein, das Leben überstanden zu haben. Wie schön, wie angenehm diese Illusion ist! (Die Blume, 1928/29)

Das reine Sein wurde mir zu einem Glück, wofür ich weder Worte noch Gedanken fand. Ich hatte viel Lust, mich mit den Bäumen zu vergleichen, die stumm sind, die ganz und gar nicht nachdenklich zu sein brauchen, die still dastehen und so den Wald bilden, die leben können, ohne daß sie nötig haben, sich Rechenschaft hierüber abzuverlangen, die wachsen dürfen, ohne sich freuen oder grämen zu müssen, oder Ursache zu haben, sich vielerlei Fragen vorzulegen, wie die armen unruhigen, bald übermütigen, bald niedergeschlagenen, schwachen, ängstlichen Menschen tun … (Naturstudie, 1916)

Ich, ich bin es, der die Welt gekränkt hat. Sie steht mir gegenüber wie eine erzürnte, beleidigte Mutter: wundervolles Antlitz, in das ich vernarrt bin: das Antlitz der Sühne fordernden, mütterlichen Erde! (Geschwister Tanner, 1907)

Ich war eigentlich nie Kind, und deshalb, glaube ich zuversichtlich, wird an mir immer etwas Kindheitliches haften bleiben. Ich bin nur so gewachsen, älter geworden, aber das Wesen blieb. (…) Vielleicht werde ich nie Äste und Zweige ausbreiten. Eines Tages wird von meinem Wesen und Beginnen irgendein Duft ausgehen, ich werde Blüte sein und ein wenig, wie zu meinem eigenen Vergnügen, duften, und dann werde ich den Kopf … neigen. Die Arme und Beine werden mir seltsam erschlaffen, der Geist, der Stolz, der Charakter, alles, alles wird brechen und welken, und ich werde tot sein, nicht wirklich tot, nur so auf eine gewisse Art tot, und dann werde ich vielleicht sechzig Jahre so dahinleben und -sterben. (Jakob von Gunten, 1909)

Auf
der Suche
nach
einem
verlorenen
Sohn
XIII

Am Weihnachtstag 1956 geht er nach dem Essen hinaus, um seinen Verdauungsspaziergang zu machen. Zur Feier des Tages hat es Sauerkraut mit Fleisch und Würsten vom Schwein und anschließend Meringues mit Schlagrahm gegeben. Eigentlich, wie es an Festtagen üblich geworden ist zwischen ihnen, hätte ihn sein Vormund begleiten wollen. Aber ihm ist der Hund krank geworden, da ist er zu Hause geblieben. Er hat es dem Mündel telefonisch ausrichten lassen. Der Besuch wird auf Neujahr verschoben.

So macht er den Weihnachtsspaziergang diesmal allein. Es ist kalt. Die Wege sind tief verschneit. Nicht viele sind außer ihm unterwegs. Die meisten sitzen in ihren Stuben. Er ist warm gekleidet, hat seine schweren Schuhe an.

Er geht die Degersheimer Straße hinunter, am Auhof vorbei, über die Brücke, kommt durch die Unterführung zum Bahnhof. Von hier geht es wieder hinauf. Schochenberg heißt die Höhe. Bald hat er den Ort unter sich, die Fabriken, die Häuser, die Kirchen. Der Friedhof liegt gegenüber. Die Anstalt, dort drüben, ist durch den Schleier der Luft kaum mehr zu sehen. Er freut sich an seinem Atem, den er als weiße Nebel aus sich herausstößt.

Dann geht er weiter. Durch den Rosenwald steigt er hinauf, hinaus auf die Wachtenegg, die Westkuppe des Rosenbergs. Es herrscht eine große Ruhe. Er tritt hinaus aus dem Wald, aus dem Schutz der verschneiten Bäume. Alles ist weiß. Es muß zwischen eins und zwei sein. Bis zur Ruine, zu der er will, ist es jetzt nicht mehr weit. Die Burghalde hinunter. Ein kurzer Abstieg in eine Mulde.

Er geht sicher, vorsichtig, mit schräg auseinandergestellten Füßen. Schritt für Schritt setzt er die Schuhe fest in den Hang. Er stützt sich nicht ab am Zaun, der schwarz aus dem Weiß ragt, auf dem der Schnee leicht, von seiner Hand unberührt, aufliegt.

Da rutscht er aus. Da fällt er hin, auf den Rücken, verliert seinen Hut, rutscht, zwei, drei Meter, abwärts, bleibt liegen, ist tot. Den Mund leicht verzogen, den Kopf leicht zur Seite ge-

Der tote Robert Walser,
25. Dezember 1956

dreht, die linke Hand von sich gestreckt, etwas verkrallt, die rechte Hand auf der Brust, liegt er mit offenen Augen unter dem Himmel.

Da wird er endlich gefunden. Zuerst von einem Hund. Dann von den Leuten vom nächsten Hof. Zuletzt von der Welt.

Robert Walser, 1953,
an seinem 75. Geburtstag,
fotografiert von Carl Seelig

Da wird er endlich gefunden

Es schneit, schneit, was vom Himmel herunter mag, und es mag Erkleckliches herunter. Das hört nicht auf, hat nicht Anfang und nicht Ende. Einen Himmel gibt es nicht mehr, alles ist ein graues weißes Schneien. Eine Luft gibt es auch nicht mehr, sie ist voll Schnee. Eine Erde gibt es auch nicht mehr, sie ist mit Schnee und wieder mit Schnee zugedeckt. (...) Alle Tannenäste sind voll Schnee, beugen sich unter der dicken weißen Last tief zur Erde herab, versperren den Weg. Den Weg? Als wenn es noch einen Weg gäbe! Man geht so, und indem man geht, hofft man, daß man auf dem rechten Weg sei. (Schneien, 1917)

Auf dem Heimweg, der mir herrlich vorkam, schneite es in dichten, warmen, großen Flocken. Es war mir, als höre ich es von irgendwoher heimatartig tönen. Lebhaft waren meine Schritte trotz des tiefen Schnees, worin ich fleißig weiterwatete. Mit jedem Schritt, den ich ausführte, wurde mein erschüttertes Vertrauen wieder fester, worüber ich mich freute wie ein kleines Kind. Alles Ehemalige blühte und duftete mir jugendlich wie Rosen entgegen. Fast schien mir, als singe die Erde ein liebliches Weihnachts-, doch zugleich auch schon ein Frühlingslied.
In der Dunkelheit stand plötzlich eine graue, große Gestalt vor mir am Weg. Es war ein Mann. Riesenhaft kam er mir vor. »Was stehst du hier?« fragte ich ihn. »Ich steh hier fest! Kümmert's dich?« gab er mir zur Antwort.
Indem ich ihn stehen ließ, den ich nicht kannte, der ja wissen mußte, was er zu tun habe, ging ich weiter. Zuweilen schien es mir, ich sei beflügelt, obwohl ich mich mühsam genug vorwärts ar-

Robert Walser in Herisau, fotografiert von einem Pfleger, 1949

beitete. Mut und Zuversicht beseelten mich auf beschwerlichem Wege, denn ich durfte mir sagen, daß ich richtig gehe. (...) Mantel hatte ich keinen an. Ich nahm schon den Schnee für einen prächtig wärmenden Mantel. (Heimkehr im Schnee, 1917)

Derart also ging ich von Menschen fort. Es war mir halb lach-, halb scherzhaft zu Mut. Es schneite, und durch das liebe dichte Schneien klangen die Abendglocken. Die Stadt war wie ein Märchen. So süß, so weich flog es herab, das wirbelnde Gewimmel. Eine Schneeflocke fiel mir auf den Mund, als fliege mir ein Kuß zu. Hut und Mantel waren bald schneeweiß, wie alles, was umherlag und -ging. In all der Lautlosigkeit leuchteten Lichter. Es war mir, als könne es jetzt nur schöne Heimstätten und liebe Leute und allerlei frohen Mut und freundliche Reden und ein unsägliches Wohlsein auf der Welt geben. (...)
Jetzt war ich Vater von mehreren Kindern und zugleich selber noch wieder ein Kind. Ich war die Mutter, die ihr liebes Kind herzt, und zugleich das Kind, das noch nicht reden kann. Ich besaß in Gedanken ein Haus. Ein Hund wachte davor, und eine muntere Frau wartete auf den guten Mann, und mein Knabe saß am Tisch und erledigte die Schulaufgaben. »Schneien«, dachte ich, »versetzt mich in ein glückliches Bürgertum und Familienleben. Unwillkürlich esse ich Mandeln, Orangen und Datteln und höre das Geknister von Weihnachtskerzen, die den Tannenzweig anbrennen, und habe allen lieben Festzeitsduft vor mir und wäre mit Freuden ein braver Mann, einer aus ganzem Schrot und Korn. Wie soll ich jetzt zu mir heimzugehen wagen, wo nichts Trauliches ist? Wer sich einschneien ließe und im Schnee begraben läge und sanft verendete.« (Eine Weihnachtsgeschichte, 1919)

... der Schnee knirschte unter seinen Schritten. Die Tannen waren so voll mit Schnee beladen, daß sie ihre starken Äste herrlich zur Erde niederhängen ließen. Ungefähr in der Mitte des Aufstiegs sah Simon plötzlich einen jungen Mann mitten im Wege im Schnee daliegen. Es war noch so viel letzte Helle im Wald, daß er den schlafenden Mann ins Auge fassen konnte. Was veranlaßte diesen Menschen, sich hier in der bitteren Kälte, und an einer so einsamen Stelle im Tannenwald niederzulegen? Des Mannes breiter Hut lag quer über dessen Gesicht, wie es oft im heißen, schattenlosen Sommer vorkommt, daß ein Liegender und Ausruhender sich auf diese Weise gegen die Sonnenstrahlen schützt, um einschlafen zu können. Das hatte etwas Unheimliches an sich, dieses Gesichtverdecken mitten im Winter, zu einer Zeit, wo es wahrhaftig keine Lust konnte genannt werden, es sich hier im Schnee bequem zu machen. (...) ... er war hier erfroren, ohne Zweifel, und er mußte schon etliche Zeit liegen, hier am Wege. Der Schnee zeigte hier keine Fußspuren, es war also denkbar, daß er schon lange liege. Gesicht und Hände waren längst erstarrt, und die Kleider klebten an dem erfrorenen Leib. (...) Wie nobel er sich sein Grab ausgesucht hat. Mitten unter herrlichen, grünen, mit Schnee bedeckten Tannen liegt er. (...) Eine prachtvolle Ruhe, dieses Liegen und Erstarren unter den Tannenästen, im Schnee. Das ist das beste, was du

tun konntest. Die Menschen sind immer geneigt, derartigen Käuzen, wie du einer warst, weh zu tun und ihre Schmerzen zu verlachen. Grüße die lieben, stillen Toten unter der Erde und brenne nicht zu sehr in den ewigen Flammen des Nichtmehrseins. Du bist anderswo. Du bist sicher an einem herrlichen Ort, du bist jetzt ein reicher Kerl, und es verlohnt sich, die Gedichte eines reichen, vornehmen Kerls herauszugeben. Lebe wohl. Wenn ich Blumen hätte, ich schüttete sie über dich aus. Für einen Dichter hat man nie Blumen genug. Du hattest zu wenig. (…) Die Menschen werden wenigstens noch deine Gedichte lesen, wenn sie mit dir doch einmal nichts anzufangen wußten. (Geschwister Tanner, 1907)

Kürzlich träumte mir, ich flöge über eine runde, zarte Eisfläche, die dünn und durchsichtig war wie Fensterscheiben und sich auf- und niederbog wie gläserne Wellen. Unter dem Eise wuchsen Frühlingsblumen. Wie von einem Genius gehoben, schwebte ich hin und her und war über die ungezwungene Bewegung glücklich. In der Mitte des Sees war eine Insel, auf der ein Tempel stand, der sich als Wirtshaus entpuppte. Ich ging hinein, bestellte Kaffee und Kuchen und aß und trank und rauchte hierauf eine Zigarette. Als ich wieder hinausging und die Übung fortsetzte, brach der Spiegel, und ich sank in die Tiefe zu den Blumen, die mich freundlich aufnahmen. (Winter, 1919)

Was war denn ein Toter? Ei, eine Mahnung ans Leben. Weiter gar nichts. (Geschwister Tanner, 1907)

Sein spaßhaftes Existierthaben gab ihnen zu mancherlei Betrachtungen nahrhaften Anlaß, und so ungern sie's vielleicht taten, mußten sie sich von Zeit zu Zeit sagen: »Ja, er war einer, obgleich er bloß den weiter keinerlei Erheblichkeit verratenden Namen Schnori trug.« Gern hätte man über ihn wegblicken mögen, aber man brachte es nicht fertig. Noch immer stand er mit der wie im lächelnden Schlafzustand hervorgebrachten gesammelten Sammetheit seines Werkes, die etwas Kostbares blieb, da. Umsonst sprach man: »Schnori, geh weg.« Er unterließ dies. War das artig von ihm? (Schnori, 1928)

**Linke Seite: Robert Walser, auf einem Spaziergang in Appenzell, 1954, fotografiert von Carl Seelig
Rechts: Tod am 25. Dezember 1956**

Quellennachweis

Wo nichts anderes erwähnt ist, beziehen sich die Angaben auf die Gesamtausgabe der Werke Robert Walsers, die 1978 vom Suhrkamp Verlag textgleich übernommen wurden. Die römischen Zahlen bezeichnen die Band-Nummer. Die Zitate werden untenstehend in der Ordnung angeführt, in der sie auf der jeweiligen Seite des vorliegenden Buches beginnen.

Seite 18
Ein Mensch hatte … aus: *Lukas 15, 11–24*, Lutherbibel, Rev. Fassung von 1984 © Deutsche Bibelges., Stuttgart, NT, S. 94 f.
Seite 19
Ich soll mich … aus: *Tobod I*, II, S. 49; *Ein Kind, das …* aus: *Mutter und Kind*, X, S. 134 f.
Da ging die … aus: *Geschwister Tanner*, IV, S. 307 f.
Seite 20
Ich hingegen, hingerissen … aus: *Tobold II*, II, S. 319; *Ich war wie …* aus: *Der Spaziergang*, III, S. 225
Seite 21
Da der verlorene … aus: *Die Geschichte vom verlorenen Sohn*, VI, S. 259; *Das Grün, das …* aus: *Der Wald*, I, S. 97
Seite 33
Dem heranwachsenden Kinde … aus: *Poetenleben*, III, S. 128; *Ins Leben ging …* aus: *Aus meiner Jugend*, VI, S. 277; *Wenn ich so …* aus: *Geschwister Tanner*, IV, S. 329; *Ich fing viel …* aus: *Einer, der immer etwas las*, X, S. 307; *Wir haben uns …* aus: *Geschwister Tanner*, IV, S. 324; *Die Mutter kam …* aus: *Fritz Kochers Aufsätze*, I, S. 37; *Ich verglich mich …* aus: *Ein junger Mensch*, Erstfassung von *Aus meiner Jugend*, VI, S. 276, zit. nach Robert Mächler, *Das Leben Robert Walsers*, S. 51; *Krank war ich …* aus: *Aus meiner Jugend*, VI, S. 277 f.; *Ich war nie …* aus: *Geschwister Tanner*, IV, S. 116; *Ja, es hat …* aus: *Felix-Szenen*, XII, S. 34 f.; *Meine Mutter eilt …* aus: *Felix-Szenen*, XII, S. 18
Seite 34
Seine Mutter mit … aus: *Die Kindheit*, X, S. 300; *In starkem Grad …* aus: *Schwäche kann eine Stärke sein*, VIII, S. 395; *Für uns Kinder …* aus: *Geschwister Tanner*, IV, S. 325; *… und dann die …* aus: *Geschwister Tanner*, IV, S. 326; *Und dann träume …* aus: *Jakob von Gunten*, IV, S. 362; *Unsern Vater fürchteten …* aus: *Geschwister Tanner*, IV, S. 326; *Er war ein …* aus: *Das Bild des Vaters*, III, S. 279
Seite 35
Nicht ohne weiteres … aus: *Das Bild des Vaters*, III, S. 288; *Die Idee, die …* aus: *Das Bild des Vaters*, III, S. 294 f.; *Nimm an, ich …* aus: *Brief eines Vaters an seinen Sohn*, II, S. 75 f.; *Vielleicht darf man …* aus: *Ich wohnte einem Konzert bei*, IX, S. 32
Seite 36
Meine bescheidene Wenigkeit … aus: *Fanny*, I, S. 279; *Meine Lehrerin ist …* aus: *Geschwister Tanner*, IV, S. 147
Seite 37
Du lebst mein … aus: *Geschwister Tanner*, IV, S. 165; *Wir sind eigentlich …* aus: *Geschwister Tanner*, IV, S. 30; *Wir streiften, Du …* aus: *Geschwister Tanner*, IV, S. 32
Seite 46
Im Alter von … aus: *Eine Art Bild*, X, S. 273; *Sein eigentlicher Lehrer …* aus: *Der Student*, II, S. 303; *Nun habe ich …* aus: *Fritz Kochers Aufsätze*, I, S. 30; *Der Vorhang geht …* aus: *Entwurf zu einem Vorspiel*, I, S. 252 f.
Seite 47
Sind nicht auch … aus: *Das Theater, ein Traum I*, VI, S. 8; *Wer erinnert sich …* aus: *Schiller II*, X, S. 421 f.; *Wie herrlich aufregend …* aus: *Wenzel*, I, S. 185 f.
Seite 48
Unterdessen werden Rollen … aus: *Ein Genie I*, I, S. 271; *Er packt seine …* aus: *Wenzel*, I, S. 188; *Ich bereite mich …* aus: *Wenzel*, I, S. 195
Seite 49
Aber Sie besitzen … aus: *Die Talentprobe*, I, S. 171 ff.; *Franz: Ja, Gefühl …* aus: *Die Knaben*, XI, S. 37 ff.
Seite 50
Mit dem Schauspielerberuf …: an die Schwester Lisa; zit. nach Robert Mächler, *Das Leben Robert Walsers*, S. 45
Seite 58
Eines Morgens um … aus: *Der Gehülfe*, V, S. 5; *Ich habe zu …* aus: *Fritz Kochers Aufsätze*, I, S. 29; *Da er seine …* aus: *Der junge Dichter*, VI, S. 267 f.
Seite 59
Warum bist du … aus: *Der Commis*, I, S. 61 f.; *Auch begann ich …* aus: *Aus meiner Jugend*, VI, S. 278; *Etwas muß besonders …* aus: *Der Commis*, I, S. 50 f.; *Dieser Commis fing …* aus: *Der Commis*, I, S. 58
Seite 60
Vier bis fünf … aus: *Aus dem Leben eines Commis*, IX, S. 341; *Walser kam am …* aus: *Lebensläufe I*, XII, S. 283; *An Etablissementen und …* aus: *Poetenleben*, III, S. 129; *Demnach handelt es …* aus: *Poetenleben*, III, S. 129
Seite 62
Ein Bankgebäude ist … aus: *Geschwister Tanner*, IV, S. 37 f.; *Ich bin nicht …* aus: *Geschwister Tanner*, IV, S. 42 f.; *Am nächsten Morgen …* aus: *Geschwister Tanner*, IV, S. 18
Seite 63
Munter und keck … aus: *Zwei Männer*, VI, S. 248 f.; *Ich habe keine …* aus: *Geschwister Tanner*, IV, S. 19; *Darf ich Ihnen …* aus: *Doktor Franz Blei*, II, S. 309
Seite 64
Ich bin noch … aus: *Geschwister Tanner*, IV, S. 9; *Mein Bureauchef war …* aus: *Die Elfenau*, XII, S. 268
Seite 70
Sehr früh schon … aus: *Oskar*, II, S. 163; *Eines Tages floh …* aus: *Zwei Männer*, VI, S. 250 f.; *Ich schlug soeben …* aus: *Wohnungswechsel*, VIII, S. 13 f.
Seite 71
… und ist es … aus: *Klassischer Brief*, IX, S. 169 f.; *Im Gefühl, daß …* aus: *Ein Dichter I*, VII, S. 113 f.
Seite 72
Der Geist bedeutete … aus: *Zwei Männer*, VI, S. 251; *Kein Mensch wußte …* aus: *Doktor Franz Blei*, II, S. 317; *»Welch ein schönes …* aus: *Geschwister Tanner*, IV, S. 26 f.
Seite 73
So kläglich auch … aus: *Brief von Simon Tanner*, I, S. 229; *Inzwischen war aber …* aus: *Zwei Männer*, VI, S. 255; *Wo ich als …* aus: *Die Gedichte II*, VII, S. 65; *Uns kommt vor …* aus: *Poetenleben*, III, S. 125; *Fast mache ich …* aus: *An den Bruder*, II, S. 171; *Hast du wirklich …* aus: *Geschwister Tanner*, IV, S. 181; *Daß er nie …* aus: *Über den Charakter des Künstlers*, VI, S. 55 f.
Seite 75
Ich sende jeweilen … aus: *Zwei Männer*, VI, S. 257; *Bleibe ich, so …* aus: *Reisen*, X, S. 70; *Man ist dort …* aus: *Fragment*, X, S. 105
Seite 76
Nein, nein, wegen … aus: *Geschwister Tanner*, IV, S. 179 f.
Seite 84
Ferner wurde ein … aus: *Leben eines Malers*, III, S. 155; *Frauen stellte ich …* aus: *Aus meiner Jugend*, VI, S. 277; *Im Sommer schrieb …* aus: *Die Gedichte I*, II, S. 41; *Vertreten waren alle …* aus: *Der Buchdeckel*, VII, S. 69 f.; *Ich saß in …* aus: *Tobold II*, II, S. 318; *Wie war der …* aus: *Fußwanderung*, II, S. 22 f.; *In einem stillen …* aus: *Widmann*, III, S. 16; *Auf weitschweifigem Spaziergang …* aus: *Der Spaziergang*, III, S. 251

Seite 85
Leuten, die in … aus: *Der Spaziergang,* III, S. 221; *Der Gedanke, daß …* aus: *Das erste Gedicht,* VI, S. 280; *Ihm war der …* aus: *Zwei Männer,* VI, S. 250; *Dem ärmlichen Luftibus …* aus: *Zwei Männer,* VI, S. 248 f.; *Die Frau, dachte …* aus: *Geschwister Tanner,* IV, S. 207
Seite 86
»Warum muß sie … aus: *Das Veilchen,* II, S. 97 f.; *Hübscher Frauen Hände …* aus: *Hier wird geplaudert,* X, S. 6; *Lächelte sie, so …* aus: *Ein Poet,* VII, S. 112; *Ich liebte dieses …* an *Resy Breitbach,* XIII, S. 241
Seite 87
Die nicht sonderlich … aus: *Der Heiratsantrag,* IX, S. 131 f.; *Geehrtes, nettes, edles …* aus: *Brief,* XII, S. 270; *Ich schreibe an …* aus: *Brief von Simon Tanner,* I, S. 229
Seite 88
Ich kenne eine … aus: *Die Einzige,* VII, S. 209; *Der Dritte hat …* aus: *Die Knaben,* VI, S 282 f.; *Ich bin zum …* aus: *Geschwister Tanner,* IV, S. 85 f.; *Sein in gewisser …* aus: *Herbst II,* IX, S. 161; *Der Unheimliche gehört …* aus: *Der verlorene Sohn,* IX, S. 113; *Ich erlebte bisher …* aus: *Der verlorene Sohn,* IX, S. 114 f.; *Nach solcher Handlungsweise …* aus: *Geschwister Tanner,* IV, S. 127; *Oh, welche Weltfreude …* aus: *Ich stand vor ihrem Dorf,* X, S. 13
Seite 90
Gewiß, liebe Frau … an *Frieda Mermet,* XIII, S. 235; *Wissen Sie, liebe …* an *Frieda Mermet,* XIII, S. 138 f.; *Ohne daß es …* aus: *Kasimirs Lebenslauf,* X, S. 275; *Wenn die wüßte …* aus: *Geschwister Tanner,* IV, S. 211
Seite 91
Nur Frauen verstehen … aus: *Jakob von Gunten,* IV, S. 389; *Ich wurde geboren …* aus: *Gespräche,* III, S. 425; *Sie hatten mich …* aus: *Gespräche,* III, S. 423 f.; *Es ist wahr …* aus: *Gespräche,* III, S. 421
Seite 92
Was nützt es … aus: *Geschwister Tanner,* IV, S. 84; *In Sachen Liebe …* aus: *Belgische Kunstausstellung,* VIII, S. 263; *Und ist nicht …* an Frieda Mermet; zit. nach Robert Mächler, *Das Leben Robert Walsers,* S. 204; *Den darf man …* aus: *Geschwister Tanner,* IV, S. 86; *Es fragt sich …* aus: *Leben eines Malers,* III, S. 140; *Verheiratet ist er …* aus: *Der Schriftsteller I,* I, S. 352; *Du bist der …* aus: *Der Berg,* II, S. 161; *Lange lag ich …* aus: *Der Spaziergang,* 1. Fassung, zit. nach der Erstausgabe, Huber Verlag, Frauenfeld/ Leipzig 1917, S. 84 f.; *Meine Empfindungen sind …* aus: *Dichter,* XI, S. 51
Seite 101
Bin ich der … aus: *Jakob von Gunten,* IV, S. 368; *Ich bilde mir …* aus: *Würzburg,* III, S. 49; *Eine Stadt wie …* aus: *Berlin und der Künstler,* VI, S. 45 f.
Seite 102
Es scheint hier … aus: *Berlin W,* I, S. 301; *Sind ungefähr fünf …* aus: *Berlin und der Künstler,* VI, S. 47
Seite 103
Ach, ist doch … aus: *Tiergarten,* I, S. 307 ff.
Seite 105
Ich hatte Wedekind … aus: *Tobold II,* II, S. 322; *Der hinreißende Glanz …* aus: *Geschwister Tanner* (Erzählung), II, S. 127 ff.; *In Berlin habe …* nach Carl Seelig, *Wanderungen mit Robert Walser,* S. 45; *Warum sollten nicht …* aus: *Geschwister Tanner,* IV, S. 31
Seite 106
Ich saß in … aus: *Rückblick,* VI, S. 271 ff.; *Wenn ich zu …* aus: *Heimkehr im Schnee,* VI, S. 312 f.
Seite 114
Ist nicht Don Quichote … aus: *Tobold II,* II, S. 321; *Langsam ging ich …* aus: *Heimkehr im Schnee,* VI, S. 315 f.; *Eines Tages, mitten …* aus: *Eine Stadt I,* II, S. 129; *O es kam …* aus: *Die Landschaft I,* II, S. 83; *Ich bin vor …* aus: *Der Spaziergang,* III, S. 225
Seite 115
Inzwischen hat er … aus: *Ein Dichter I,* VII, S. 115; *Einst war er …* aus: *Der Künstler,* VII, S. 108 f.; *Ich fühle, wie …* aus: *Jakob von Gunten,* IV, S. 444; *Klein sein und …* aus: *Jakob von Gunten,* IV, S. 473; *Wenn ich Kerzen …* aus: *Jakob von Gunten,* IV, S. 343
Seite 116
In einer eiskalten … aus: *Das Genie,* I, S. 126; *Aus Erfahrung kann …* aus: *Dichter,* VI, S. 348
Seite 117
Die Natur war … aus: *Der Dichter,* II, S. 84 f.; *Der große alte …* aus: *Wohnungswechsel,* VIII, S. 14; *Es war herrlich …* aus: *Die Gedichte I,* II, S. 41; *Ich schätze hoch …* aus: *Brief eines Dichters an einen Herrn,* II, S. 9; *Viertens ist Armut …* aus: *Ein dummer Junge,* IX, S. 153; *Sie befinden sich …* aus: *Kleines Landstraßenerlebnis,* III, S. 11
Seite 118
Demnach war er … aus: *Bildnis eines Mannes,* VII, S. 99; *Nur da und …* aus: *Der Arbeiter,* III, S. 111; *…aus der Höhe …* an *Resy Breitbach,* XIII, S. 238; *Ihr diensteifriger Herrscher …* an Max Rychner, XIII, S. 267; *Religiös war ich …* aus: *Fidelia,* VII, S. 184; *Rechte Poeten sind …* aus: *Maler, Poet und Dame,* VI, S. 243 ff.; *Mein Gemach war …* aus: *Die Ruine,* VIII, S. 350 ff.; *Schriftstellern ist zur …* an Frieda Mermet, XIII, S. 170 f.; *Wahrscheinlich ist dies …* aus: *Das letzte Prosastück,* VII, S. 70; *Schon fing man …* aus: *Das Gebirge II,* X, S. 294; *Vorläufig gebe ich …* aus: *Abhandlung,* VIII, S. 181
Seite 120
Sieh dir doch … aus: *Geschwister Tanner,* IV, S. 177 f.; *Man kann den …* aus: *Herbst II,* IX, S. 159; *Sein Anzug war …* Emil Schibli in: *Seeländer Volksstimme,* zit. nach Robert Mächler, *Das Leben Robert Walsers,* S. 157; *Nur hübsch ausharren …* aus: *Schneeglöckchen,* VII, S. 15; *Ich bleibe und …* aus: *Geschwister Tanner,* IV, S. 255
Seite 126
Was mich betrifft … aus: *Gibt es verkannte Dichter unter uns?* XII, S. 286 f.; *Meine Ambition bändigend …* aus: *Meine Bemühungen,* X, S. 431
Seite 127
Mein Prosastükligeschäft geht … an Frieda Mermet, XIII, S. 322; *Einmal wurde mir …* aus: *Das letzte Prosastück,* VII, S. 73 f.; *In reichem Maße …* aus: *Der neue Roman,* III, S. 95; *Obwohl ich keinen …* an den Huber Verlag, zit. nach Robert Mächler, *Das Leben Robert Walsers,* S. 137 f.
Seite 129
Ich bekam vom … an Max Rychner, XIII, S. 298; *Ich habe erfahren …* an Walter Muschg, XIII, S. 285; *In gewisser Hinsicht …* an Resy Breitbach, XIII, S. 297; *Ich schrieb einige …* an Resy Breitbach, XIII, S. 251 f.; *Mein Büchlein ›Die Rose‹ …* an Otto Pick, XIII, S. 254 f.; *Zsolnay ist doch …* an Max Brod, XIII, S. 310 f.
Seite 130
Es gibt in … an Max Brod, XIII, S. 313; *Einen Antrag, den …* an Frieda Mermet, XIII, S. 305 f.; *Sehr geehrter Herr …* an den Ernst Rowohlt / Kurt Wolff Verlag, XIII, S. 55; *Wohl werde ich …* an Max Rychner, XIII, S. 220
Seite 138
Soeben komme ich … aus: *Vortragsabend,* IX, S. 281 ff.; *Eine Fabrik zur …* aus: *Eine Ohrfeige und Sonstiges,* III, S. 387; *Im Besitz Ihres …* an Adolf Schaer-Ris, XIII, S. 308
Seite 140
… kurz und gut … an Adolf Schaer-Ris, XIII, S. 309; *Hinsichtlich des Geschmäuses …* an Frieda Mermet, XIII, S. 317; *Mich berührt übrigens …* aus: *Die Stadt und die Geliebte,*

IX, S. 82; *In Zürich sollte …* an Resy Breitbach, XIII, S. 240; *Obschon ich weder …* aus: *Der Leseabend*, VII, S. 41 ff.
Seite 148
Besteht nicht Schriftstellern … aus: *Der heiße Brei*, IX, S. 98; *Man kann meiner …* aus: *Einiges aus meinen Jugendjahren*, IX, S. 7; *Ich glich einem …* aus: *Ein Poet*, VII, S. 110; *Nichts ist mir …* aus: *Jakob von Gunten*, IV, S. 354
Seite 149
Er hielt sich … aus: *Herbst II*, IX, S. 160; *In bezug auf …* aus: *Mutter und Kind*, X, S. 137; *Ich schreibe das …* aus: *Für die Katz*, X, S. 432 f.; *Falls ich nun …* aus: *Bleistiftskizze*, IX, S. 128 f.
Seite 150
Ich erwähnte den … an Max Rychner, XIII, S. 300; *Ich gehe alle …* an Frieda Mermet, XIII, S. 304; *Mir sind Menschen …* aus: *Walser über Walser*, VII, S. 218
Seite 151
Von selbst versteht … aus: *Das letzte Prosastück*, VII, S. 75; *Ich wünsche also …* aus: *Walser über Walser*, VII, S. 219; *Von nun an …* aus: *Ein Flaubert-Prosastück*, IX, S. 351
Seite 152
Dem Ruhm und … aus: *Tobold II*, II, S. 320; *… denn derjenige Schriftsteller …* aus: *Gnädige Frau*, IX, S. 289; *Ja, er war …* aus: *Das Gebirge II*, X, S. 293 f.; *Flüchtig dachte ich …* aus: *Autofahrt*, IX, S. 30
Seite 161
Sehen Sie mich … aus: *Geschwister Tanner*, IV, S. 237 f.; *Hölderlin hielt es …* aus: *Geburtstags-Prosastück*, VIII, S. 230 f.; *Ich bin überzeugt …* zu Carl Seelig; zit. nach Carl Seelig, *Wanderungen mit Robert Walser*, S. 49; *Hoffentlich zürnen Sie …* an Resy Breitbach, XIII, S. 342 f.; *Daß er dann …* aus: *Bildnis eines Mannes*, VII, S. 97; *Daß sich in …* aus: *Ein Zeitgenosse*, X, S. 234; *Was man erwartete …* aus: *Der Kostbare*, X, S. 222; *Und dann, wenn …* aus: *Der Schriftsteller I*, I, S. 354 f.
Seite 162
Schon seit einiger … aus: *Der Verbrauchte*, X, S. 295 f.; *Mitten im ununterbrochenen …* aus: *Die Straße I*, VII, S. 23; *Ich stand so …* aus: *Abendgang*, VI, S. 127; *Ich sollte eigentlich …* aus: *Helblings Geschichte*, II, S. 72; *Es wurde Winter …* aus: *Geschwister Tanner*, IV, S. 306
Seite 164
Ich stehe noch … aus: *Geschwister Tanner*, IV, S. 329; *Hie und da …* aus: *Die Blume*, IX, S. 335; *Das reine Sein …* aus: *Naturstudie*, III, S. 195 f.; *Ich, ich bin …* aus: *Geschwister Tanner*, IV, S. 332; *Ich war eigentlich …* aus: *Jakob von Gunten*, IV, S. 472
Seite 170
Es schneit, schneit … aus: *Schneien*, II, S. 253 f.; *Auf dem Heimweg …* aus: *Heimkehr im Schnee*, VI, S. 315 f.
Seite 171
Derart also ging … aus: *Eine Weihnachtsgeschichte*, VII, S. 27 f.; *…der Schnee knirschte …* aus: *Geschwister Tanner*, IV, S. 129 ff.
Seite 172
Kürzlich träumte mir … aus: *Winter*, VI, S. 368; *Was war denn …* aus: *Geschwister Tanner*, IV, S. 133
Seite 173
Sein spaßhaftes Existierthaben … aus: *Schnori*, IX, S. 363

Bildnachweis

Aus: Die Aktion 2 (1912), Sp. 1075 (Zeichnung von Lucian Bernhard) *126* – Aus: Alt-Berlin. Historische Fotografien von Max Missmann. Hg. von Wolfgang Gottschalk. Leipzig und Weimar: Gustav Kiepenheuer Verlag 1987 *100, 104* – Jürg Amann *154* – Baugeschichtliches Archiv, Zürich *57, 58/59, 66, 69, 70/71, 72, 74, 75 oben, 84, 137* – Aus: Bianconi, Piero, Ticino com'era. Locarno: Armando Dadò Editore *116* (Foto: Gaberell) – Biel Bienne im Wandel der Zeiten. Ausgew. und komm. von Marcus Bourquin. Bern 1980 *31, 47, 113* – Karl-Walser-Archiv (Gottfried-Keller-Stiftung, Museum Neuhaus) *40, 45, 48, 49 unten, 83, 99* – Küng, Toni, und Bieri, René: Das Appenzellerland im Wandel der Zeit *160/161* – Robert-Walser-Archiv der Carl-Seelig-Stiftung, Zürich *10, 17–20, 24, 32, 34–36, 46, 49 oben, 52, 60–63, 75 unten, 78, 86–91, 94, 102, 103, 108, 117, 119, 122, 127–129, 132, 138, 139, 142, 147–151, 159, 162, 163, 166, 167, 170, 172, 173* – Schweizerisches Institut für Kunstwissenschaft Zürich *21* – Maria Stadelmayer *125* – Schweizerische Stiftung für die Photographie, Zürich *114* – Ullstein Bilderdienst *127 oben*

Die Bild-Vorlagen des Robert-Walser-Archivs der Carl-Seelig-Stiftung in Zürich und des Karl-Walser-Archivs der Gottfried-Keller-Stiftung, Museum Neuhaus in Biel wurden uns freundlicherweise durch deren Archivar Bernhard Echte zur Verfügung gestellt. Autor und Verlag danken für die Genehmigung zur Reproduktion.

Bibliographie

Fritz Kochers Aufsätze. Leipzig: Insel Verlag 1904
Geschwister Tanner. Roman. Berlin: Verlag Bruno Cassirer 1907
Der Gehülfe. Roman. Berlin: Verlag Bruno Cassirer 1908
Gedichte. Berlin: Verlag Bruno Cassirer 1909
Jakob von Gunten. Ein Tagebuch. Berlin: Verlag Bruno Cassirer 1909
Aufsätze. Leipzig: Kurt Wolff Verlag 1913
Geschichten. Leipzig: Kurt Wolff Verlag 1914
Kleine Dichtungen. Leipzig: Kurt Wolff Verlag 1914
Prosastücke. Zürich: Rascher Verlag 1916/17
Kleine Prosa. Bern: Francke Verlag 1917
Der Spaziergang. Frauenfeld/Leipzig: Huber Verlag 1917
Poetenleben. Frauenfeld/Leipzig: Huber Verlag 1918
Komödie. Berlin: Verlag Bruno Cassirer 1919
Seeland. Zürich: Rascher Verlag 1919
Die Rose. Berlin: Rowohlt Verlag 1925

Das Gesamtwerk. In 13 Bänden. Herausgegeben von Jochen Greven. Genf/Hamburg: Kossodo Verlag 1972. – Taschenbuchausgabe: Zürich/Frankfurt: Suhrkamp Verlag 1978

Aus dem Bleistiftgebiet. Band 1: *Mikrogramme 1924/25: Prosa;* Band 2: *Mikrogramme 1924/25: Gedichte und dramatische Szenen;* Band 3: *Räuber-Roman. Felix-Szenen;* Band 4: *Mikrogramme 1926/27.* Entziffert und herausgegeben von Bernhard Echte und Werner Morlang. Zürich/Frankfurt: Suhrkamp Verlag 1985, 1985, 1986 und 1990

Robert Mächler, *Das Leben Robert Walsers.* Genf/Hamburg: Kossodo Verlag 1966
Carl Seelig, *Wanderungen mit Robert Walser.* Zürich/Frankfurt: Suhrkamp Verlag 1977

Editorische Notiz

Jürg Amanns Essay *Robert Walser. Auf der Suche nach einem verlorenen Sohn* ist erstmals in der Serie Piper, München 1985, erschienen. Er wurde für dieses Buch leicht überarbeitet.

Jürg Amann, geb. 1947 in Winterthur, Dr. phil., lebt in Zürich. Zuerst Literaturkritiker und Dramaturg, seit 1976 freier Schriftsteller. 1982 Ingeborg-Bachmann-Preis, 1983 Conrad-Ferdinand-Meyer-Preis, 1989 Preis der Schweizer Schillerstiftung.